新潮文庫

闇の奥

コンラッド
高見浩訳

新潮社版

11688

目次

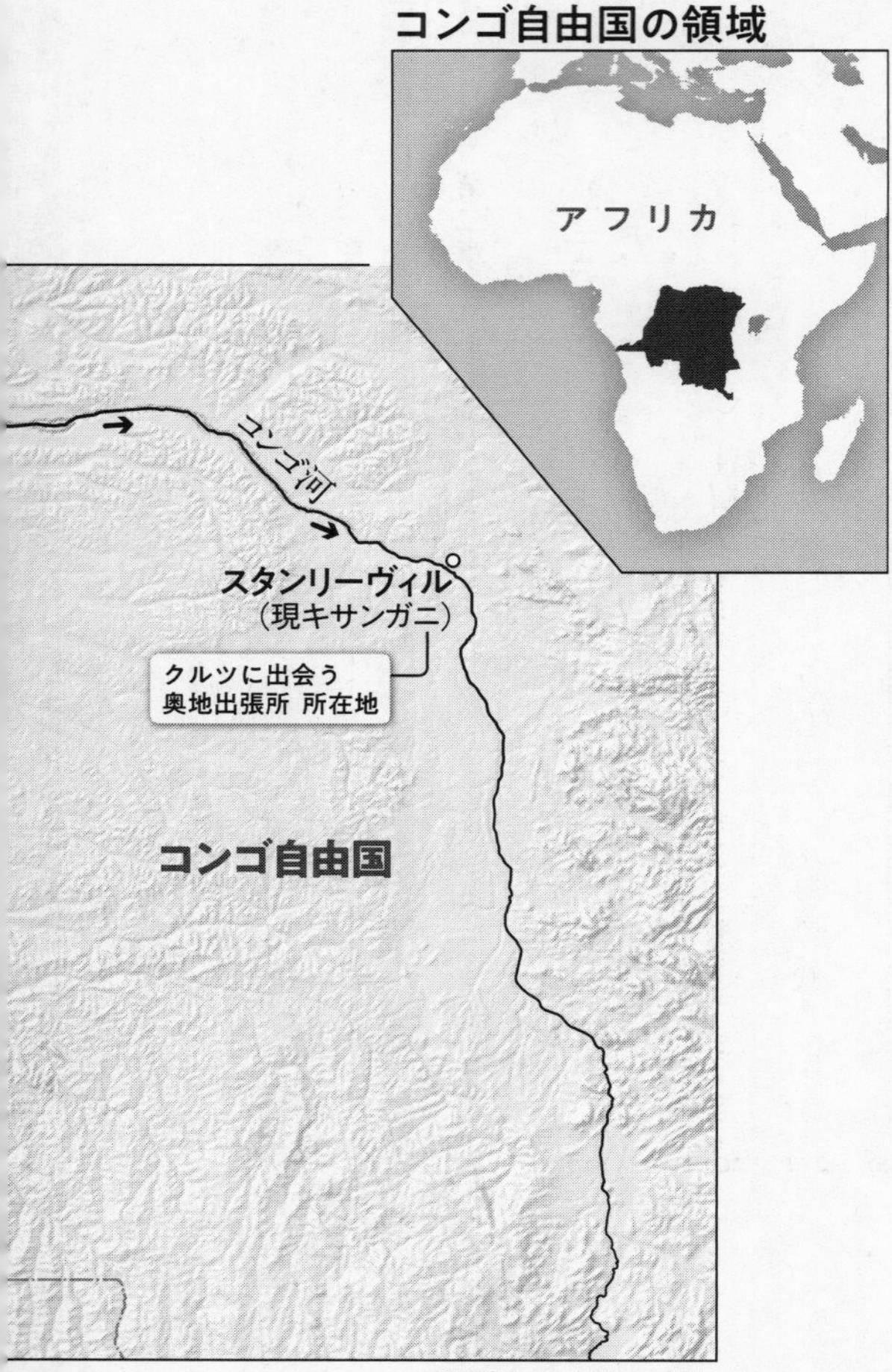

地図製作　アトリエ・プラン

マーロウがたどったと思われるルート
（1890年当時のコンゴ自由国）

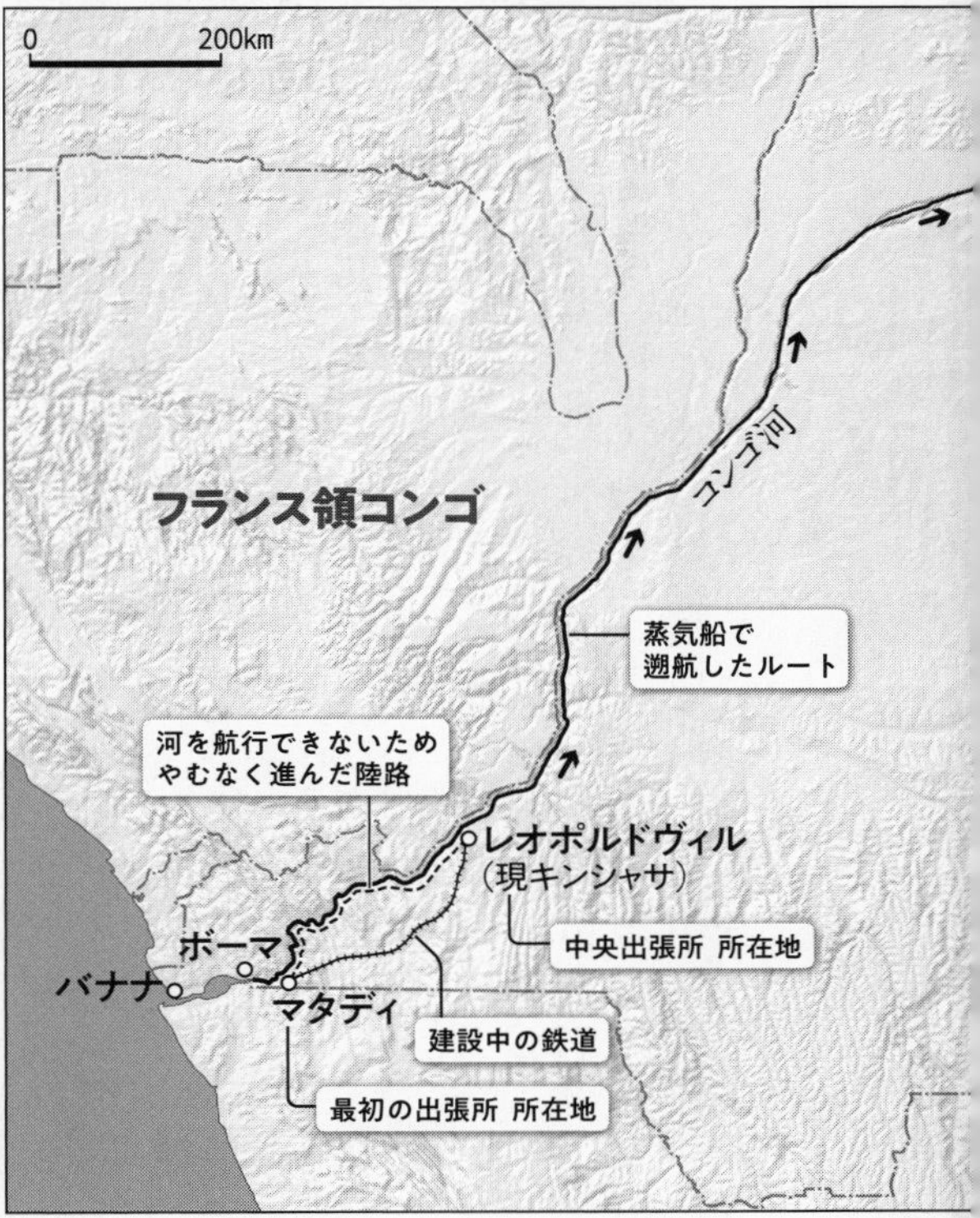

闇の奥

第一章

二本マストの小型帆船ネリー号は、錨《いかり》を下ろし、帆布をはたとも震わせずに静止していた。すでに満ち潮で、風もほとんどない。河を下るとなると、引き潮に変わるまで、このままじっとしているほかなかった。

海に向かうテムズの河筋は、果てしない水路の起点さながら眼前に広がっている。はるか沖合では、海と空が切れ目なく接していた。きらめきわたる光のなかを、潮にのって遡《さかのぼ》ってくる幾艘《いくそう》もの平底の河舟。夕日に染まった帆の数々が、いまは大きくとがった赤い帆布のように群がって、ニス塗りの斜桁《しゃこう》を光らせながら停止しているように見える。海に向かってひらたく消えてゆく低い河岸の上空には、靄《もや》がたちこめていた。上流のグレイヴゼンドの町の上空はすでに薄暗く、さらにその奥の空は暗くにごって、地上最大にして最も偉大な街*の上に低くたれこめていた。

われわれはこの船の船長に招かれたのだが、彼はいくつかの会社の重役をも兼ねている。船首に立って海に対しているその背中を、われわれ四人は頼もしげに眺めていた。この河のどこに目をやろうと、彼の後ろ姿くらい強烈に潮《しお》っけを感じさせるものはない。一見、水先案内人を思わせるのだが、船乗りにとって、水先案内人とは信頼感の代名詞のようなものだ。彼の仕事場がこの夕日に輝く河口ではなく、もっと背後の陰鬱《いんうつ》な暗がりの中にあるなどとはとても思えなかった。

先にどこかで話したとおり、*われわれのあいだには海の絆《きずな》というやつがある。だから、長いあいだ会わなくとも互いの気持ちは通じ合っていたし、だれかが冒険談をはじめたり、何かの信念のようなものを披瀝《ひれき》しても、黙って鷹揚《おうよう》に聞いていられた。仲間のうちの弁護士殿は傑出した老人で、高齢でもあり、有徳の士でもあったから、この甲板にたった一つしかないクッションを独り占めにし、これまた一つしかない敷物に横たわっていた。早くもドミノの箱を持ちだしたのは会計士で、牌《パイ》を積んだり崩したりしている。マーロウは船尾にあぐらをかいて、後部マストにもたれていた。こけた頰、黄色みがかった顔、すきっと伸びた背筋、禁欲的な面立ち。両腕を垂らして掌《てのひら》をつきだしているところは、どこか異教の偶像を思わせた。船長を兼ねた重役は、錨がしっかり役目を果たしていることを確かめると、船尾にやってきてわれわれのあいだにすわり込んだ。それから、ひとことふたこと所在なげに言葉が交わされた後、船上は沈黙に包まれた。どういうわけか、その日に限ってドミノ・ゲームは始まらなかった。だれもが瞑想《めいそう》的な気分になって、もっぱら黙々と周囲を眺めていたのである。冴《さ》え冴《ざ》えとした、透き通った輝きに包まれて、一日が静かに暮れようとしていた。河《かわ》面《も》はおだやかに輝き、雲ひとつない空はどこまでも汚《けが》れない光に満ちている。北の方、エセックスの沼地にたれこめた霧は、さしずめやわらかに輝く薄い紗《しゃ》か。それは内陸の緑の丘から流れ落ちて、低い岸辺を、あえかに透けたひだで覆《おお》っている。西の方、河の上流を押し包む暗がりだけが、沈まんとする太陽に腹を立てたかのように、刻一刻と陰鬱の度を増していた。

そしてとうとう、ごく微《かす》かな弧を描いて傾いていた太陽が低く沈んだ。白熱の球体は赤錆色《あかさびいろ》に変わって、もはや熱い光の矢を放つこともない。人間界をおおう暗がりに触れて打ちのめされたあげく、一気に息絶えようとしている観があった。

と見る間もなく河や海の水面にも変化が生じ、静穏な輝きが薄れて、かえって深みが増した。長きにわたって岸辺の住民たちに仕えてきた老大河は、日の翳《かげ》りにもたじろがずに波ひとつ立てない。それは地の最果てまでつづく水路の静かな威厳をたたえて悠然と流れていた。われわれはこの名高い大河を、ただ単調な明け暮れをくり返す短い一日の夕映えのもとに眺めていたわけではない。永劫《えいごう》の記憶を秘めた荘厳《そうごん》な光のもとに眺めていたのである。事実、俗に〝海に生きる〟ことを敬意と愛情をもって選んだ者ならば、このテムズの下流域を一望するなり過去の偉大な魂を想起することだろう。うまずたゆまず干満をくり返して奉仕しつづける流れは、数多《あまた》の男どもや船舶を憩《いこ》いのわが家や海の戦場に送り届けた記憶に満ちている。この大河はフランシス・ドレーク卿《きょう》*からジョン・フランクリン卿*に至るまで、英国が誇るすべての男たちに親しく仕えてきた。爵位《しゃくい》の有無にかかわらず、彼らは等しく騎士、海を遍歴する騎士だった。この流れに運ばれた船の名前は、どれもが夜闇《よやみ》にきらめく宝石のような輝きを放っている。丸みを帯びた船腹に財宝を満載して帰還し、女王陛下エリザベス一世の行幸の栄に浴したのち偉大な海の物語から姿を消したゴールデン・ハインド号*。あるいは他の征路についたきり帰還しなかったエレバス号やテラー号*。まことこの河は多くの船や男たちを識《し》っていた。彼らはデプトフォードやグリニッジやイアリスから出港していった。多くの冒険家や植民者たち。海軍の艦艇や取引所の商船。船長、提督、東洋貿易の〝もぐり商人〟。そして東インド会社から委託された〝司令官〟たち。黄金を探し求める者や名声の追求者も、剣を帯び、しばしば松明《たいまつ》をかかげて、この河から船出した。彼らはこの国の覇権の使徒であり、聖火の恩恵の運び手だった。この河の引き潮にのって、未知なる大地の神秘に挑んでいった偉業のいかに多かったことか！……人々の夢、連邦の種子、帝国の萌芽。

日が沈んだ。河もたそがれて、岸辺に灯火がともりだした。干潟に三本足で立つチャップマン灯台も強い光芒《こうぼう》を放ちはじめている。船の灯火が河を移動している――上っては下るおびただしい灯火。さらに西方の上流に目を転じれば、陽光のもとでは垂れこめた闇を成し、星空のもとではどぎつい明るみを帯びた怪物めくあの街のあるあたりが、いまなお不吉なシルエットを空に刻んでいる。

「このあたりにしたって」突然、マーロウが口をひらいた。「かつては暗黒の地だったんだからな」

われわれの中で、いまなお〝海に生きている〟のはマーロウだけだが、しいてあらを探せば、彼は船乗りの典型とは言いがたい。たしかに船乗りではある。が、同時に彼はさすらい人でもあったのだ。こういう言い方が許されるなら、たいがいの船乗りは家にこもりっきりの暮らしを送っている。その心映えは定住者のものであって、その意識が家、すなわち船、から離れることはない。そして海が彼らの祖国なのである。船はどれも似たようなもので、海は海。かくして環境がさほど変わらないため、たとえ異国の岸や、異人の顔や、多種多様な暮らしの流儀に出会おうとも、彼らはその神秘性に心打たれることなく、おかどちがいの優越感に目をふさがれたまますべてを見逃してしまう。というのも、船乗りにとって神秘的なものは海以外になく、海こそは彼の人生を支配する女神であり、運命のように不可解な存在だからだ。仕事が終われば港町をぶらついたり、ちょっと羽目を外したりするだけで大陸全体の秘密に通じた気分になり、その秘密もとるに足りないと思ってしまう。だいたいが船乗りの冒険談なるものは単純明快で、いわば砕いた木の実の核の中におさまっているものだ。その点、マーロウの場合は（ともすれば長話になる一事を除けば）型破りで、その話の要点は木の実の核の中におさまらず、外側にある。それはちょうど月が幽《かす》かに輝くとき、もやっとした暈《かさ》が周囲をかこむのにも似て、光がもたらす靄《もや》のような雰囲気の中にこそあるのだ。

マーロウの言いだしたことは、驚きでもなんでもなかった。いかにも彼が口にしそうなことだったからだ。みな黙々と傾聴した。不満の唸《うな》り声を発する者もいない。ごくゆっくりとマーロウは語りだした――

「おれはずいぶん昔のことを考えていたんだよ。千九百年前、ローマ人が初めてこの地にやってきたときのことをね――まあ、ついこのあいだのことと言ってもいい……それ以来、この河からなんと輝かしい光が生まれたことか――光《ライト》ではなく騎士《ナイト》たちだろうって？　そのとおり。だが、それは野火の輝き、雲間にさす稲妻のようなもの。

おれたちはその光芒の中で生きている――この老いたる地球が回りつづけるかぎり、その光も生きつづけてほしいものだな！　しかし、闇はついこのあいだまでここに居座っていたのさ。ちょっと想像してみてくれ、ローマ時代の地中海に浮かぶ――あれは何と呼ぶのかな――堂々たる三段櫂船《トライリーム》の副長が、突然、北方の蛮地に急行するよう命じられたときの心境を。ガリア*の地を急ぎ横断した後、彼は一隻《せき》の小型軍船の指揮を任される――当時のローマ軍団の兵士たちは恐ろしく手先が器用だったようだ――ある資料*が間違っていなければ、彼らは一、二か月のうちに、その種の軍船を何百隻と建造していたというんだから。鉛色の海、煙のような色の空。こんな最果ての地で、堅牢《けんろう》さたるや脆弱《ぜいじゃく》な六角アコーディオン並みの軍船に兵糧《ひょうろう》や兵士たちを積んで異郷の河を上ってゆく気持ち。それはどんなものだっただろう。砂州、沼地、原始林、蛮人――開化した人間が口にできるものはごくわずかで、喉《のど》をうるおせるものといったらテムズの水しかない。ファレルノ葡萄《ぶどう》酒*など口にしたくもなく、陸にあがる楽しみもない。干し草の山に埋まる針のように、あちこちの駐屯地が荒野に呑《の》み込まれてしまう。寒気、濃霧、嵐《あらし》、病い、流浪《るろう》、そして死――死は空気中に、水中に、森の中にひそんでいた。この地ではすくなからぬ兵士たちが命を落としたに相違ない。ああ、あでも、われらが艦長はうまくやってのける。そう、実に見事にやってのけるんだ。

れこれ思いわずらうこともなくね。そりゃ、いずれそのときがきたら自分がかつてどんな難事をやりとげたか自慢してやろう、ぐらいは頭の隅にあったかもしれんな。彼らには闇に立ち向かう胆力があったからね。そしておそらくは、いつか昇進してラヴエンナの艦隊に迎えられるかもしれないと考えて、自らを鼓舞していたかもしれない。それはもしローマに顔のきく友人がいて、なお且《か》つこの地の苛烈《かれつ》な気候に耐え抜くことができたならば、の話だがね。それからまた、トーガ*をまとった、若い、生粋のローマ市民がいたとしてみよう——彼はサイコロ賭博《とばく》にでものめりこんだか——人生をやり直すつもりで、地方長官やら、収税官やら、商人やらの一行にまぎれこんでこの地にやってくるんだ。沼沢地《しょうたくち》に上陸し、森を通り抜け、どこか内陸の駐屯地に到着する。そこで彼は野蛮さに、まったき野蛮さに押し包まれているのを感じる——そう、原始の大密林が孕《はら》む神秘的な生命力が、森の中で、密林の中で、蛮人たちの心中で、うごめいているのをね。そうした神秘に入り込む儀式などは存在しない。彼は不可解なものの真っただ中で生きなければならないんだが、それは一面おぞましいことでもある。と同時に、それは魅惑的でもあって、その魅惑が彼に働きかけてくる。おぞましいものの魅惑——そうなんだ、わかるだろう、いや増す後悔、脱出への希求、それができない自己嫌悪《けんお》、屈服、憎悪」

そこでいったん間をおいてから、

「だがね」マーロウはまた話し出した。片方の腕をあげて肘《ひじ》を曲げ、掌を突き出したところは、あぐらをかいた姿勢とあいまって、教えを説く仏陀《ブッダ》を思わせた。ただし、この仏陀は蓮《はす》の花の上にすわっているわけではなく、洋服をまとっていたのだが――

「だがね、現在《いま》に生きるわれわれはそんな心理状態にはならんだろうな。われわれを救ってくれるのは効率だ――効率への献身だ。その点、彼らローマ人はまだまだ未熟だった。植民という概念とも無縁だった。目指したのは、ただ搾《しぼ》り取ることだけ。それしかなかったんだろうね。彼らは征服者だった。必要なのは、暴虐《ぼうぎゃく》な実力行使のみ――それをやりおおせたからといって誉《ほ》められたものじゃない。たまたま相手が弱かったからこそ成就《じょうじゅ》できたまでのこと。ただ手に入れたい、それだけの理由で力任せに掠《かす》め取る。要は力任せの強盗行為、大規模な殺戮《さつりく》で、それをがむしゃらにやってのけたんだな――闇と取っ組み合う連中ならではの所業さ。この地上における征服。それは概して、おれたちより鼻が低く、肌の色も異なる連中から大地を収奪することを指すんだが、よくよく見ればそう気分のいいものではない。それを償えるものがあるとしたら、理念だけだ。そうした行動の背後にある理念。情に訴えるような揚言ではなく、一つの理念。そして、その理念に寄せる公平な信念――入念に準備し、頭《こうべ》を垂れ、その前に供物《くもつ》を捧《ささ》げて恥じることのない何物か……」

そこでマーロウは口をつぐんだ。大小の明かりが河面をすべってゆく。小さな緑色の灯。赤い灯。白い灯。*それらが先をゆき、後を追い、一つになってはすれちがい――あるいはゆっくりと、あるいは小走りに、別れてゆく。大都会の交通は、夜がふけても眠らない河面を上り下ってとぎれることがない。その光景を眺めながら、われわれは辛抱強く待った――満ち潮が終わるまでは、他に何もすることがなかったのだ。マーロウがまたためらいがちに口をひらいたのは、長い沈黙の後だった。「おれがしばらく河船に乗り込んでいた時期があったのは、きみらも承知していると思う」こう切り出されては、潮の流れが変わるまで、また漫然とした体験談を拝聴させられることになるな、とわれわれは覚悟した。

「おれ自身の個人的な体験談で、きみらをうんざりさせたくはないんだがね」彼はしゃべりだした。聴き手が何をいちばん聴きたがっているか、まったくわかっていないという、多くの語り手に共通の弊がその言葉にも顕《あらわ》れていた。「しかし、この体験がおれに与えた影響を理解してもらうには、そもそもおれがなぜ彼《か》の地に出かけ、そこで何を見たか、どうやってあの河を遡ってあの哀れな人物と出会ったか、きみらに知ってもらわなきゃならないんだ。あそこは船で遡れる最遠の地点だったし、おれの人生体験の頂点を味わわせてくれた場所でもあった。あれはおれにまつわるすべて――おれの思考そのものに光を投げかけてくれた体験だったしな。なんとも重苦しい、みじめな体験でね――どこから見ても胸躍る要素はなく、曖昧《あいまい》さに包まれていた。そうなんだ、およそ、すぱっと割り切れるような体験ではなかった。それでも、ある種の光を投げかけてくれるように思えたのさ。

まだ覚えていてくれるだろうが、おれはあの頃、ロンドンにもどってきたばかりだった。六年ぐらいかけて、インド洋、太平洋、東シナ海、南シナ海と、お定まりの東洋の海域をまわってね。で、しばらくはぶらぶらして、きみらの仕事場で勤務の邪魔をしたり、お宅に押しかけたりした。あたかもきみらの蒙《もう》を啓《ひら》くという天命をさずかったかのように。しばらくはそれも楽しかったんだが、そのうち、ただ怠けていることにも飽きてきた。そこで、また乗り込む船を探しはじめたんだ――こいつはこの世でいちばんの難事でね。船のほうじゃ、こっちを見向きもしてくれない。で、いい加減、船探しにも飽きてきたんだな。

ところで、子供の頃のおれは、地図を眺めるのが大好きだった。南米、アフリカ、オーストラリア、時間がたつのも忘れて血湧《わ》き肉躍る探検を夢見たものさ。当時、この地上には空白地帯がたくさんあった。だから、地図の上でここぞと思う場所を見つけては（実は、どこもみなそう見えたんだが）、そこに指をのせて、〝ようし、大人になったら絶対ここにいくぞ〟と呟《つぶや》いたものさ。北極もそうした場所の一つだったな。あそこにはまだ行ってないが、もう行くつもりもない。あの頃の魅力が薄れてしまったから。それ以外の場所は、北半球、南半球、緯度を問わずに赤道の近くに散らばっていた。そのうちいくつかの場所には実際に足を運んだが……まあ、その話はいずれまたにしよう。しかし、その中に一箇所——最大にして、いわば最も空白な場所があって……そここそはおれの強烈な憧《あこが》れの的だったのさ。

たしかに、その頃にはもうそこは空白の地域ではなくなっていた。おれの子供の頃からこっち、地図には河や湖等、幾多の地名が次々に書き込まれていったからね。そこはもう胸躍る神秘、子供たちが輝かしい夢を馳《は》せる白い領域ではなくなっていたんだ。暗黒の領域になっていたのさ。ところが、そこには特別に目立つ河*が流れていた。なにしろ途方もない大河で、ちょうど地図の上を大蛇がのたうつように流れているんだ。その頭は海に没し、胴体は広大な原野の上で曲がりくねり、尻尾《しっぽ》は大地の奥深く消えている。ある店のウィンドウでその地図を見たとき、おれは蛇に魅入られた小鳥のように、他愛ない小鳥のように、魂を奪われてしまった。そのとき思いだしたんだな、たしかその河の流域で交易をしている会社、かなりの大会社があったはずだぞ、と。こいつはいい！　あれだけの水をたたえた河で商売をするには、それなりの船が必要なはずじゃないか――そう、蒸気船が！　その船長にならないという法はあるまい。フリート街を歩きながら、おれはもうその考えで頭がいっぱいだった。しっかと蛇に魅入られてしまったのさ。

　その河を足場に稼いでいる会社とは、ヨーロッパ大陸に本拠を置く商社、そう、例の商社*だった。おれにはヨーロッパで暮らしている親類が大勢いてね。あっちは物価も安いし、世間で言われるほど暮らし向きも悪くはないらしいんだ。

　で、いまいましいことに、白状すると、おれは結局その連中のお情けにすがることになった。まあ、おれとしては新たな出発に舵《かじ》を切ったわけさ。ご承知のとおり、おれは本来そういうやり方で物事を決めるタイプじゃない。いつも自分の足で自分の行きたい道を歩んできたんだから。実際、自分でも信じられなかったよ。でも、まあ――何というか――ここは是が非でもあそこに行かなくては、と思い込んでしまったわけだ。で、おれは親類をあたりはじめた。男どもは『ほう、なるほど』などとぬかすだけで、何もしてくれない。それでやむなく――信じられるかい？――ご婦人方をあたりはじめたんだ。このおれさま、チャーリー・マーロウが、ご婦人方の手をわずらわせたんだぜ――仕事にありつくために。やれやれだよ！　まあ、それだけおれは夢中になっていたんだな。ところで、おれには叔母が一人いた。＊これが実に情の濃い人でね、こういう手紙をおれによこしたくらいさ――〝なんて素敵な計画でしょう。あなたのためならなんでも、どんなことでもして差し上げます。それはそれは立派な思いつきですもの。その会社なら、かなりのお偉方の奥さまを存じ上げているし、辣腕《らつわん》の幹部の方とも知合いですから〟とかなんとか。とにかく、蒸気船の船長になるのが望みなら、万難を排してそれを実現させてあげましょう、と言ってくれたのさ。

もちろん、おれは採用された――予想していたよりずっと早く。どうやら、その商社所属の船長の一人が原住民との小競り合《こぜりあ》いがもとで殺されたという知らせが入っていたらしい。チャンス到来、ますます現地にいきたくなった。それから何か月もたって、その船長の遺体を回収する段になったとき、小競り合いの原因がわかった。それがなんと、牝鶏《めんどり》をめぐる誤解がもとだったらしいのさ。そう、二羽の黒い牝鶏だ。船長はフリースレーヴェンという名のデンマーク人だったんだが、牝鶏の売買のことで一杯食わされたと思ったらしい。そこで岸に上がって、村の長《おさ》を棒でぶっ叩《たた》きはじめた。それを聞いても、おれはまったく驚かなかった。そのフリースレーヴェンというやつが、平生《へいぜい》、稀《まれ》に見る温厚な男だったという話を聞いてもね。たしかにそういう男だったんだろう。ただ、彼氏は現地であの高邁《こうまい》な事業に携わること、すでに二年に及んでいたという。このへんで自分の威厳というやつを示しておかなければ、とでも思ったんだな、きっと。で、老いた黒んぼを容赦なくぶちのめした。そのさまを大勢の村人たちが仰天して眺めているうちに、一人の男が——その長の息子だったらしいんだが——父親の悲鳴をそれ以上聞いていられなくなった。で、おそるおそる槍《やり》で白人を突いたらしい——もちろん、槍の穂先はいともすんなりと白人の肩甲骨《けんこうこつ》のあいだに沈み込んでしまう。さあ大変、どんな仕返しをされるかしれないと、村人たちは算を乱して一人残らず森に逃げ込んだ。フリースレーヴェンが指揮していた蒸気船のほうも大慌《おおあわ》てで逃げ出す。きっと機関士が代わって指揮をとったんだろうがね。その後、フリースレーヴェンの遺体を何とかしようと思った者はだれ一人いなかったようだ——おれが現地で、やっこさんの後任になるまでは。おれはそのままには放置できなかった。その後ようやくこの前任者と対面する機会が訪れたんだが、いってみると、雑草が彼の肋骨《ろっこつ》の間から高く伸びて、骨を隠していたね。でも、骨格全体は残っていた。倒れた後も白人の体には超自然的な力が宿ると思われたのか、手を触れる者がいなかったんだ。村にはもう人気《ひとけ》はなかった。どの小屋も朽ち果てて黒い口をあけ、倒れた柵《さく》の中で傾いていた。村にはたしかに因果応報の災厄が訪れた。人影はすっかり絶えてしまった。男も女も子供たちも、狂おしい恐怖に駆られて散り散りになり、密林に逃げ込んだきり二度ともどらなかった。騒ぎの元凶ともいうべき牝鶏たちがどうなったかも、わからない。結局、この牝鶏たちも、〝進歩の大義〟というやつにとって食われたんじゃないだろうか。が、ともかくもおれは、この驚嘆すべき大事件のおかげで職にありつけたわけだ。採用されればいいな、と本気で祈りはじめる前に。

それからアタフタと準備にとりかかって、二日とたたないうちに*英仏海峡を渡っていたよ。雇い主の会社に出頭して、契約を交わすために。目指す都市にはたかだか数時間で到着したんだが、この都市の名前を聞くと、おれはきまって〝白塗りの墓〟*を連想するんだ。これはまあ偏見にきまっている。会社はすぐに見つかった。出会う人間がだれでも知っているような、馬鹿《ばか》でかい建物だったから。この会社、海外に一大帝国を築いて、貿易で荒稼ぎをしようって勢いだったのさ。

深い影に覆われた、人気のない狭い通り。高い家々。ヴェネツィアン・ブラインドを備えた無数の窓。死んだような静寂。雑草が隙間《すきま》から伸びている敷石。左右には馬車用の堂々たるアーチ形の門が並び、大きな両開きの扉が貫禄《かんろく》十分にすこしだけ開いている。そうした扉の一つをするっと抜けると、おれは階段をのぼっていった。掃除はされているものの飾り気のない、砂漠のように味気ない階段だった。最初に目についた扉をあけると、女が二人、太ったのとほっそりしたのが藁《わら》座面の椅子《いす》にすわって、黒い毛糸で編み物をしていた。ほっそりしたのが立ち上がって、おれのほうに歩み寄ってくる——伏し目がちに編み物をつづけながらね——夢遊病者をよけるように、おれがわきにどこうとすると、女は立ち止まって顔をあげた。着ている服は傘袋みたいに地味だった。女は無言のまま背後に向き直り、おれの先に立って待合室に入ってゆく。おれは名前を名のって、通された部屋の内部を見まわした。中央には樅《もみ》材のテーブル。周囲の壁沿いにはずらっと質素な椅子が並んでおり、壁の一方の端にはてらてらと光沢のある地図がかかっている。それが鮮やかな虹色《にじいろ》に色分けされているんだ。圧倒的な広さを占めているのは赤で、*これはいつ見ても気分がいい。その地では本格的な事業が展開されている証拠だから。青の面積も多かったね。緑色の部分もすこし。オレンジ色もちょっぴり。そして東海岸には紫色の部分があって、そこでは陽気な進歩のパイオニアたちが陽気にラガー・ビールを飲んでいることを示しているわけだ。しかし、おれが目指していたところはそれらのどれでもない。目指すは黄色の部分だった。大陸のど真中だ。そこには例の河が流れている。蛇のようにのたうつ、あの魅惑的で危険な大河が。と、そのときだった！　扉がひらいて、白髪の、こちらを憐《あわ》れむような目つきの秘書が現れたのは。彼は細い人差し指でおれを聖域に招き入れた。そこはなにやら薄暗いところで、どっしりしたデスクがでんと中央に配されていた。

その背後から、フロックコートを着た、血色の悪い、何やらでっぷりしたものが現れた。これぞ会長その人だ。*身の丈、百七十センチ弱というところ。この人物こそは何百万という人間の生殺与奪の権を握っているご本尊だ。握手のつもりか、こっちに手を差し出すと、何やらもぐもぐと呟いてから、おれのフランス語にも満足したらしい。最後に『ボン・ボワイヤージュ（良い旅を）』とのたまわった。

およそ四十五秒ほどで、おれはまた、憐み深い秘書のいる待合室にもどった。彼はしんから同情するような顔で、ある書類をとりだすと、おれに署名させた。おれが誓約したことの中には、決して企業秘密をバラさないという一条もあったと思う。まあ、いまもっておれには、そんな禁をおかすつもりはないんだが。

それはともかく、おれはちょっぴり落ち着かない気分になりかけていた。だいたい、その種の儀式には慣れていなかったし、何か尋常じゃない雰囲気が漂っていたからだ。ある種の陰謀——というか——何かしらまっとうじゃないことに巻き込まれているような気がしたのさ。だから、その部屋から出たときはほっとしたね。外の部屋では、あの二人の女が熱心に黒い毛糸の編み物をつづけていた。あとからあとから来客があって、それには若いほうの女が対応する。年嵩《としかさ》のほうは椅子から立とうともしない。薄い布地の室内履きをはいた足を足温器にのせ、膝《ひざ》に一匹の猫を休ませていた。糊《のり》のきいた白い帽子をかぶっていて、片方の頰にいぼがあった。銀縁の眼鏡が鼻の先にずり下がっていて、その縁の上からちらっとこっちを見る。冷静で無関心な素早い一瞥《いちべつ》に、おれは浮足立った。そこへ陽気な、おつむの弱そうな若者が二人案内されてくると、やはり一種小馬鹿にしたような視線をちらっとそっちに投げかける。その二人のことなら、いや、このおれのことも、すべてはお見通しと言わんばかりの目つき。ちょっと気味が悪くなってきた。なんだか人の運勢をずばり言い当てられる女のように見えてきてね、彼女が。その後、はるか奥地にいってからも、〈闇〉の扉を守っていたあの二人の女のことはよく思いだしたな。棺《ひつぎ》を温める布でも織ろうというのか、黒い毛糸でせっせと編み物をしていたあの二人。一方は若者たちを次々に未知の国に送り込み、もう一方は陽気でおつむの軽そうな若者たちの顔を突き放したような老婆《ろうば》の目で見つめていた。アウェ（さらば）！　黒い毛糸を編む女たちよ。モリトゥーリ・テー・サルータント（いまわれ死なんとて、皇帝陛下にご挨拶《あいさつ》申しあげる）*。あの冷然たる一瞥を受けた者で、その後彼女に再会できたやつは数えるほどしかいまい――半分にはとうてい届かないはずだ。

おれにはまだ医者の診断が残っていた。『なに、ただの形式ですから』と、例の秘書が言った。うんざりなさるのも当然です、とすまながっているような表情だった。

ほどなく、左目を隠すように帽子を目深《まぶか》にかぶった男がやってきた。社員の一人らしい――たとえ死者の町同様に静まり返っていようと、この会社には社員がいて当然だ――どこか上の階からやってきたその男は、先に立って歩いてゆく。安っぽい服をだらしなく着ていて、上着の袖《そで》にはインクのしみまでついていた。古い靴の爪先《つまさき》を思わせる顎《あご》の下に、大きく波打つようなネクタイをしめている。診断の時間にはまだすこし早いというので、じゃあ、一杯やりませんか、と言ってみた。するとたちまち男は陽気になってね。椅子にすわりこんでベルモットをやるうちに、会社の営業内容をやたらと賛美しはじめるのさ。おれはだんだん鼻白んできて、じゃあ、どうしてあんたは現地にいかないんです、とさりげなく言ってみた。とたんにそいつはわれに返ったように真顔になって、『プラトン、弟子たちに説いていわく、われ、見かけほどの愚物にあらず、と』もったいぶって言ったかと思うと、ぐいっと酒を飲み干したもんだ。おれたちは立ち上がった。

老齢の医者はおれの脈をとりながらも、心ここにあらず、といった態《てい》だった。『よろしい、これなら彼《か》の地にいっても大丈夫だろう』もぐもぐと言ったと思うと、ちょっと真顔になって、どうだろう、きみ、頭の寸法を測らせてもらえまいか、＊と訊《き》いてきた。これにはさすがにおれも驚いたけれど、ああ、いいですよ、と応じた。すると彼氏、ノギスのような計器をとりだして、おれの頭の前、後ろ、あらゆる方角から寸法を測って、熱心にノートに書きつけるんだ。この医者、無精ひげをはやした小男でね、着古した上っ張りをまとって、室内履きをはいていた。まあ、衛生無害な変わり者というところさ。『わたしはね、彼の地に赴く人間がいると、必ず、科学の進歩のために頭蓋骨《ずがいこつ》の寸法を測らせてくれ、と頼むんだよ』と彼は言う。『じゃあ、その連中がもどってきたら、また測るんですか？』と訊き返すと、『いや、彼らと再会することはまずないからな』と、答える。『それにね、変化が起きるのは脳の外側のサイズじゃなく、内側だろうからして』控えめなジョークでも言ったかのように、うっすらと笑う。それにつづけて、『で、きみはこれから彼の地に赴くわけだな。素晴しい。と同時に興味も誘われるね』探りを入れるようにこちらを見て、またノートに何やら書きつける。『ところで、きみの家系には、精神異常者が出たことはあるかね？』ごく事務的な口調で訊いてくるんで、おれはムカッときた。『その質問も科学の進歩に役立つんですか？』と訊いてやると、こちらの苛立《いらだ》ちなどどこ吹く風、『そうだな、各個人の精神的変化を観察できたら、科学には役立つだろうな、とりわけ現地で観察できたらね。しかし……』おれはさえぎった。『あなたは精神鑑定医なんですか？』するとこの変人は、動じた様子もなく答えたもんだ。『医者たる者だれしもそうであってしかるべきだな――まあ、多少はね。わたしはささやかな仮説を立てているんだが、その正しさを立証するのに、きみら、彼の地に出かける諸君が役立ってくれるものと信じている。それこそは、あの壮大な属領からわが国が刈り取る利益のうち、わたしに分配される分け前であってね。単なる金儲《もう》けは他の連中に任せる。あれこれ訊いてすまんがね、きみはわたしが観察する最初のイギリス人だからして……』おれはすかさず言ってやったよ、でも、ぼくは典型的なイギリス人じゃありませんよ、と。『でなけりゃ、こんな話をあなたと交わしたりしないでしょう』すると彼氏、『まあ、きみの言い分もごもっともだ。しかし、筋違いだろうな』と言って、笑うんだ。『彼の地では、強烈な日光に身をさらすのも危険だが、つまらんことで腹を立てたりせんようにな。では、アデュー（さようなら）。英語では何と言うんだったかな？　グッドバイか。そうだ！　グッドバイ。アデュー。熱帯では何よりも冷静沈着が肝心ですぞ……』警告するように人差し指を立てて、『デュ・カルム（カッとしないように）、デュ・カルム。アデュー』

あと一つ、やり残したことがあった――あの、できた叔母への別れの挨拶だ。訪ねてみると、叔母は意気盛んだった。お茶を振舞われたんだが、あんなにまっとうなお茶にはその後しばらくありつけなかったね。招じ入れられたのは、淑女の居間と呼ぶにふさわしい居心地のいい部屋で、その炉辺で静かな語らいをゆっくりと楽しんだ。そうして話しているうちにわかってきた。おれは会社の大幹部の奥方をはじめ、相当数の人たちに、稀に見る逸材として売り込まれたらしいのさ。ああ、そうざらには見つからない、いずれ会社の虎《とら》の子になるような人材としてね。やれやれだよ！　だって、おれが指揮をとるはずの船は、安っぽい汽笛を響かせる、お粗末きわまりない三文蒸気船なんだから！　しかし、これでおれも、大文字で始まる栄《は》えあるWorker（働き手）の一人になったらしい。そう、〝光の伝道者〟やら、末端のほうの聖なる使徒とやらに。あの頃はそうした妄言が活字になったり、さかんに言い囃《はや》されたりしていたからね。おれのできた叔母御《おばご》も、そうしたたわごとの渦中《かちゅう》で生きていたものだから、すっかり洗脳されてしまっていたわけだ。〝何百万もの無知蒙昧な人たちを、おぞましい風習から救い出してあげなきゃ〟などと言いだすものだから、おれもなんだか尻《しり》のあたりがむずむずしてきた。で、しかし、あの会社の目的は金儲けですからね、とさりげなく言ってみた。

するとと叔母は晴れ晴れとした口調で言ってのけたね、『あらチャールズ、働く者はそれにふさわしい報酬を得て当然、と聖書にもあるじゃないの』ことほど左様に、女という動物は現実離れしているんだな！　彼女たちは彼女たちだけの世界に生きている。でも、現実にはそんな世界が成り立ったためしはないし、また成り立ちようもない。それは美しすぎる世界であって、本気でそんな世界を立ち上げようとしたところで、一日ともたずに瓦解《がかい》してしまうだろう。天地創造の日以来おれたち男どもが受け容《い》れてきた、いかがわしい原理がまたのさばって、一撃のもとにそんな世界を粉砕してしまうさ。

そのあと叔母の抱擁を受け、下着はネルがいいとか、手紙をせっせとよこすようにとか、あれこれ指示されてからおれは叔母の家を後にした。外の通りに出たとき——なぜか——自分が詐欺《さぎ》師になったような、妙な気持ちに襲われたんだ。だいたいがおれという男は、世界のどこへいくにしろ、たとえ一日前に指示されたって、並みの人間が道路を横断するときより無造作に、嬉々《きき》として出かけたものさ。ところがこのときばかりは妙なことに、いつに変わらぬ門出を前にして、一瞬——ためらうとまでは言わないまでも——ぎくっと足が止まったんだ。言ってみれば、自分はこれからあの大陸の深奥《しんおう》を目指すんじゃなく、地球の最深部に向かおうとしているんだ、という気が、ほんの一、二秒したんだな。

いよいよ出発となって乗り込んだのは、フランスの汽船だった。目指す大陸までやってくると、兵士と税官吏を上陸させるという、おれの見る限りその船の唯一《ゆいいつ》の目的を果たすべく、港という港に寄っていく。おれはもっぱら沿岸を眺めてすごした。船の横を過ぎ去ってゆく岸辺を眺めていると、なんだか謎《なぞ》をかけられているような気持ちになってくる。目の前の陸地は微笑《ほほえ》んだり、しかめ面《つら》をしたりしてこちらを差し招く。雄大、貧相、平板、荒漠、さまざまな貌《かお》を持つ大地が、〝おいでよ、答えが見つかるから〟と、無言のうちにささやきかけてくるんだ。あの沿岸はまだ生成過程にあるように目立った特徴もなく、荒削りな単調さをまとっていた。黒と見まがう暗緑色の鬱蒼《うっそう》たる密林の縁が、白波にふちどられて、定規で引いたように伸びている。どこまでも真っすぐに、忍び寄る靄で輝きも薄れた青い海沿いにつづいている。陽光は強烈で、陸地は蒸気に濡《ぬ》れてギラついているかのようだ。あちらこちらで灰白色の斑点が姿を見せる。それは白い寄せ波の向こうに集まっていて、上に翻《ひるがえ》っているのは旗だろうか。どの斑点も入植地なのだ——誕生後数百年たつところもあるのだろうが、いずれも背後の未踏の原野に突き刺されたピンの頭程度の大きさにしか見えない。汽船は息せき切って進み、停止しては兵士たちを上陸させる。また前進して、税官吏たちを下ろす。トタン造りの小屋と、森に呑み込まれそうな旗竿《はたざお》しかない、神に見捨てられた大密林とおぼしい場所でも関税を取り立てるつもりらしい。さらにまた兵士たちを下ろす。連中はあの税官吏たちの警護役か。陸地に向かう兵士たちの中には波に呑まれて溺死《できし》した者もいると聞いたが、事実がどうあろうと、だれも気にかけていない様子だった。彼らをあっさり放り出して、船はまた進んだ。日が変わろうとも、沿岸の眺めは変わらない――船がいっこうに進んでいないかのように。だが、船はいくつかの場所――交易所――をまぎれもなく経由していた。グラン・バッサームとか、リトル・ポポとか、それこそ悪趣味な背景幕の前で演じられる俗悪な道化芝居に登場するような名前の交易所をね。退屈な船旅、接点のまるでない乗客たちのあいだでの孤立、油を流したような物憂《ものう》げな海、どこまでいっても陰気にくすんだ沿岸の眺め、そうしたものが渾然《こんぜん》となっておれから現実感覚を奪い、物悲しくも活気に乏しい倦怠感《けんたいかん》で包み込んでくる。ときどき波の音が聞こえると、兄弟の声でも耳にしたように心も晴れやかになる。それに限っては存在理由もあり意味もある、ごく自然な現象だからだ。ときおり岸辺から漕《こ》ぎよせてくる小舟が、おれをつかのま現実に触れさせてくれた。漕いでいるのは黒人たちだった。遠くからでも、白目がぎろっと光るのが見える。彼らは大声で叫んでは歌う。体には汗がだらだらと滴《したた》り落ち、顔はグロテスクな仮面にそっくり――そういう連中なのさ。しかし、彼らには骨格があり、筋肉があり、野性的な活力があって、一挙一動が逞《たくま》しいエネルギーに満ちている。すべてが岸辺に寄せる波のように自然でまっとうなんだな。彼らこそは大手を振ってそこで暮らす、根っからの住民で、眺めているだけで心もなごむ。それでしばらくは、自分がまだ嘘偽《うそ》りのない現実の世界にいる感覚にひたれるんだが、それも長くはつづかない。何かが起きて、そういう気分が追い払われてしまう。あるとき、沖合に碇泊《ていはく》している一隻の軍艦に遭遇したことがあった。陸地には小屋ひとつないのに、その軍艦、密林に砲撃を加えているんだ。どうやらあの近辺で、フランスはまた戦争をやらかしていたらしい。軍艦旗はぼろきれのように力なく垂れ、低い船腹には長い八インチ砲の砲門が横一列にずらっと並んでいた。油のようにねっとりとした波が大儀そうに艦をもち上げては下ろし、細いマストを揺らしている。そして、天と地と海の空漠たる広がりのなか、その軍艦は何を血迷ったか、しきりと陸地を砲撃しているのさ。ズドーンと、八インチ砲の一つが火を放つ。細い炎が宙を走って消え、白煙がぽっと広がったと思うと、すぐに消える。小さな砲弾が微かな叫びをあげるんだが——何も起きない。起きようがないんだ。一連の出来事にはどこか正気じゃない、滑稽《こっけい》な寸劇めいた気配が漂っていた。乗客の一人が、あのあたりにはね、原住民の——彼は〝敵の〟という言葉を使ったが！——部落が隠れているんですよ、と熱心な口調でおれに力説したが、阿《あ》呆《ほ》らしい感じは消えなかった。

その軍艦に兵士たち宛《あ》ての郵便物を渡した後（広い洋上にただ一隻浮かぶその艦内

では、三日に一人の割合で兵士たちが死んでいると聞いたが）、おれたちの船はなおも航海をつづけた。さらにいくつか道化芝居めいた名前の場所に寄港したが、そこでは暑苦しい地下墓地にこもるような、むっと土臭い大気の中で、死と交易の陽気なダンスがつづけられていた。不揃《ふぞろ》いの海岸線には、〈自然〉そのものが侵入者を寄せつけまいとでもしているのか、危険な大波が打ち寄せている。船はその海岸線に沿って進みつつ、生を侵す死の流れとも言うべき河にも出入りした。河岸は腐って泥と化していた。河水はよどんでヘドロ状になり、マングローブの林を侵している。よじれたマングローブの木々は、無力な絶望の果てに身もだえしながらわれわれに襲いかかってくるかに見えた。寄港時間はどこでも短かかったから、特別な印象を抱いた場所はない。けれども、一種漠然とした圧迫感がしだいにおれにのしかかってきたね。あたかも悪夢の予兆に足取りも重く巡礼の旅をつづけているかのように。

あの大河の河口をついに目にしたのは、それから三十日以上たってからのことだった。船は政庁のある町*の沖合に投錨《とうびょう》した。が、おれの請け負った仕事に着手するには、そこからさらに三百二十キロほど奥地にさかのぼらなければならない。だから、準備ができると同時に、まずは五十キロほど上流の地点を目指して出発した。

こんど乗り込んだのは遠洋航海用の小型の汽船だった。船長はスウェーデン人で、こっちも船乗りだと知ると船橋《ブリッジ》に招いてくれた。まだ若い、色白の細身の男だった。髪はやや長めで、むすっとしていて、足を引きずるようにして歩く。わびしい小さな埠頭《ふとう》から船が離れると、岸壁に向かってさも見下したように顎をしゃくって訊いてきた。『あんた、あそこに住んでたのかい？』そうだ、とおれが答えると、『あの町の役人どもときたら、なんとも見上げた連中だな』と、つづける。非の打ちどころのない英語で、苦々しげに言ってのけるんだよ。『月に二、三フランも袖の下をつかませれば、たいそうなことをやってのけるんだから、笑っちまうね。あの手の連中がもっと奥地に飛ばされたら、どんなことをしでかすのやら』実は近々、それを見物することになりそうなんだ、と言ってやると、『へえ、それはそれは！』と叫んでね。片目で用心深く前方を注視しながら、部屋を斜めに横切ってつづけるんだ。『しかし、自信過剰は禁物だよ。このあいだもある男をのせたんだが、そいつ、途中で首を吊《つ》ってしまったというから。そいつもスウェーデン人だったんだがね』『首を吊った！　また何を血迷って？』おれが叫ぶと、船長は用心深く前方を見ながら答えてくれたよ。『それは何とも言えないがね。彼にはこの陽光が強烈すぎたのか、あるいはこの土地柄自体が強烈すぎたのか』

とうとう河筋がひらけて、岩壁が現れた。岸辺には掘り返した土を盛った山が並び、丘の上に家々が建っている。トタン屋根の小屋も目についた。盛り土の間に建っているものもあれば、丘の急斜面にしがみつかんばかりに建っているものもある。上流から絶え間なく伝わる早瀬の音が、この人里、荒れ果てた人里を押し包んでいる。蟻《あり》のように動きまわっている大勢の人間は、大半が裸の黒人だった。桟橋が一つ、河に突き出ていた。ときどき思い出したように日差しが強くなって、あたり一面、目のくらみそうな陽光にさらされてしまう。『ほら、あれがあんたの会社の出張所だろう』*船長が指さした先には、兵舎のような木造の建物が三棟、岩だらけの丘の斜面に建っていた。『荷物はあとで届けるから。箱が四つだったね? じゃあ、お元気で』

陸にあがると、草むらにボイラーが転がっていた。丘に登る小道を見つけた。その道は大きな岩を迂《う》回《かい》してから、小さなトロッコのわきを通っていた。トロッコはひっくり返っていて、上向いた車輪の一つが脱落していた。そのさまは、そこでくたばった動物の死《し》骸《がい》のように見えたな。さらにいくと、腐食しかけた機械の断片や錆《さ》びついたレールの山にもぶつかった。左手には樹木が密集していて、その深い木陰で何やら黒っぽいものが微かにうごめいているんだ。おれはぱちぱちと瞬《まばた》きした。小道は険しい上り坂になっていた。右手でラッパが鳴り、黒人たちが駆け出すのが見えた。重苦しい爆発音が地面を揺るがし、断崖《だんがい》の壁面からぽっと白煙が上がった。それだけだった。断崖の壁面には何の変化も生じていない。そこでは鉄道の敷設《ふせつ》工事が行われていたのさ。*断崖が何かの障害になっている様子でもないのに、行われているのはこの無意味な爆破作業だけだった。

背後で微かにチャリンという音がした。振り返ると、六人の黒人が一列縦隊で苦しげに小道を登ってくる。上体を起こし、土を詰め込んだ小さな籠《かご》を頭にのせて、のろのろと登ってくる。チャリン、チャリンという音は、彼らの歩調とリズムが合っていた。黒いぼろきれを腰に巻いていて、背後で結んだ短い先端が尻尾のように揺れていた。この連中、あばら骨がぜんぶ数えられるくらいに浮き出ており、手足の関節などロープの結び目のようにゴツゴツしている。どの男も首枷《くびかせ》をかけられていて、全員が一本の鎖でつながれていた。その鎖のたるんだ部分が揺れて、チャリン、チャリン、とリズミカルに鳴るんだ。そのとき、また岩壁のほうで爆破音がした。おれは不意に、沖合から陸地を砲撃していたあの軍艦を思いだした。あれにしろこれにしろ、不吉な響きという点では変わらないのだが、眼前の黒人たちはどう想像を逞しくしても敵とは呼べない。それなのに彼らは罪人と呼ばれ、彼らがそむいた法律があの不条理な砲弾のように彼らに襲いかかったのだ。彼らにしてみれば、それは海の彼方《かなた》からやってきた不可解きわまる謎だっただろう。薄い胸が同時に喘《あえ》ぎ、大きくひらいた鼻腔《びこう》がヒクつき、目が無感動に上り坂を見つめる。おれから十五センチと離れていないところを通り抜けながらも、こちらには目もくれず、不幸な蛮人たちならではの、あの死んだように完璧《かんぺき》な無関心さを保っていた。この、あるがままの蛮人たちの後ろには、いま進行している蛮人教化策の産物、順応した黒人が一人ついており、ライフルの中ほどをつかんで、つまらなそうに歩いてくる。ボタンの一つ欠けた軍服の上着をまとっていて、小道のおれを見つけるや、さっとライフルを肩にかまえた。これはただ念のための仕草で、遠くからだと白人はみな同じに見えるため、おれの正体がわからなかったのだろう。だが、すぐに納得したのか白い歯をむきだしにして、ずるがしこそうに笑った。自分の監視している一隊をちらっと見ると、このおれを高貴な任務の相棒と認めてくれたようだった。まあ、つまりはこのおれも、高貴で公正な大義の一翼を担《にな》っていたことは間違いないんだが。

おれはそのまま小道を登らず、踵《きびす》を返して左のほうに降りていった。あの鎖でつながれた黒人たちが視野から消えるのを待って丘を登ろうと思ったのだ。ご承知のとおり、おれは元来が特別やわな男ではない。派手な殴り合いをしたこともある。ときにはこっちから襲いかかったこともあった——身を守るにはそれしかないわけだから——うっかりはまり込んだ船乗りの世界でやっていくには、後先《あとさき》考えず捨て身になることも必要なのさ。だから、暴力の悪魔も同然のやつにもお目にかかってきた。強欲の悪魔とも情欲の悪魔とも言えるようなやつばらにもな。しかしだぜ！　そいつらはみんな頑健で、欲望のさかんな、目を赤く血走らせた連中だった。そういうやつらが体を張って男たちを思うがままに操ってきたんだ。言っておくが、一人前の男たちをだ。ところが、あの丘の中腹に立ったとき、おれは灼熱《しゃくねつ》の陽光に打たれながら予感したんだな、おれがこの先知り合うのは、強欲で無慈悲な愚行にふける、しまりのない体つきの、口先だけ達者で、しょぼついた目の悪魔なんだろう、と。＊しかもそいつはどんなに狡猾《こうかつ》なこともやってのけるか、それをおれは数か月後に、そこから千六百キロも奥地に分け入ったところで知ることになる。一瞬おれは、鮮烈な警告を受けたように、その場に立ち尽くしたね。それから丘を斜めに下って、先刻目にした木立ちのほうに下っていった。

途中、坂道に掘られた大きな穴をよけて通った。何のための穴なのか、わからなかった。石切り場でもなければ砂掘り場でもない、ただの穴。もしかすると、あの黒人たちに、とりあえず何か仕事を与えようという博愛的な配慮でも絡《から》んでいたのか。真相はわからない。おれはそれから、ごく狭い溝に落っこちそうになった。丘にあいた傷口程度の溝で、そこには、居留地用に運び込まれた配水管が何本も転がっていた。

一本残らず、見事に壊れていたな。みな気まぐれに壊したらしい。そしてようやくおれは、目指す木立にたどりついた。すこしでも日陰に入り込めればと思ったのだが、いざ踏み込んでみると、そこは暗澹《あんたん》たる地獄の何層目かにあたることがわかった。近くに河の急流があって、奔然と絶え間なく宙を裂く単調な水音が、陰鬱な木立の静けさを圧倒している。そこでは大気の揺らぎひとつなく、葉の一枚も動かない。あるのはただ、すさまじい速度で地球が宙を走る音が突然聞こえ出したかのような、神秘的な瀬音の響きだけだった。

黒い人影が木々のあいだにうずくまり、横たわり、しゃがみこみ、幹にもたれ、地を這《は》っていた。ほの暗い光の下、彼らの半ばは全身も露《あら》わに、残りは薄ぼんやりと、苦痛と諦《あきら》めと絶望の、ありとあらゆる姿態をさらしていた。岩壁に仕掛けられた爆薬がまたも炸裂《さくれつ》し、足元の地面が微《かす》かに揺れた。工事が依然としてつづいているのだ。あの高貴な工事がね！　そしてここは、その工事に雇われた者のうち、死に追いやられた連中が引きこもる場所なのだった。

この黒人たちが緩慢な死をとげつつあるのは、ひと目でわかった。彼らは敵でもなければ犯罪者でもなく、もはやこの世の者でもない——病いと飢えにからみとられ、緑がかった薄暗闇のなかにもつれ合って横たわる黒い影にすぎない。大陸沿岸部の津々浦々から合法的な年間契約の美名のもとに連れてこられ、慣れない環境に戸惑うままに、見たこともない食事を与えられる。やがて体を壊し、満足に働けなくなると、そこで初めてこんなところによろぼい集まって休息することが許されるのだ。そうして横たわる瀕死の人影は、空気のように実体が感じられず、存在感が希薄だった。おれはようやく、木の下で光る目が見分けられるようになった。そしてふと下を見ると、おれの手のすぐそばにも顔があった。黒い骨と皮ばかりの体が長々と横たわり、片方の肩だけで木にもたれている。目蓋《まぶた》がゆっくりもちあがると、落ち窪《くぼ》んだ目がおれを見上げた。ちゃんと見えているのかどうかも疑わしい、虚《うつ》ろで大きな目だった。その眼球の奥で白い光がゆらめいたと思うと、ゆっくりと消えていった。まだ年若なように――ほとんど子供のように――見えたが、あの連中の実際の歳《とし》は判別しづらいからな。おれにできたのは、ポケットにあった、あの、気のいいスウェーデン人の船長からもらったビスケットを差し出すことくらいだったよ。細い指がのろのろとのびて、それをつかんだ。それ以外の動きはまったくなく、もうこちらを見上げようともしない。その男、首には白い毛織り布を巻きつけていた――なぜだろう？　そんなものをどこで手に入れたのか？　さては徽章《きしょう》のようなもの――飾りものか――贖罪《しょくざい》のしるしだろうか？　もしくは何かの主義主張でもそこにこめられているのか？　いずれにしろ、海の彼方からの渡来物である白い布切れが黒い首に巻かれているさまにはどきりとさせられた。

　同じ木の近くにはもう二人、膝《ひざ》を立て、腰を前に折り曲げてすわっている人影があった。一人は顎を膝頭にのせて、ぼんやりと、あらぬ方を見ている。目をそむけたくなるような、むごい姿だった。その兄弟分の亡霊めいた男は、精も根も尽き果てたように額を膝にのせている。周囲に散らばる他の男たちは、それぞれに体を折ってへたりこんでおり、それはあたかも大虐殺か疫病《えきびょう》の蔓延《まんえん》図を見るかのようだった。思わずぞっとして身動きもできずにいると、男たちの一人が身を起こして四つん這いになり、河のほうに這ってゆく。水を飲みたくなったのだろう。手にすくった水を舐《な》めるように飲んでから、身を起こして日向《ひなた》にすわり、あぐらをかいた。ほどなく、縮れ毛の頭ががくっと胸にたれた。

　もはや木陰をぶらつくどころじゃなくなって、おれは急ぎ足で出張所に向かった。建物の近くで、一人の白人と出会った。そいつときたら、場違いもいいところの優雅な身なりをしている。一瞬、幻覚じゃないかと思ったくらいだ。糊《のり》のパリッときいたハイ・カラー、白いカフス、アルパカの軽めの上着と雪のように白いズボン、明るい色のシルクのネクタイ、そしてピカピカに磨かれたブーツ。帽子はかぶっていない。

緑色の裏地のパラソルを大きな白い手でかざしていて、その下にのぞく頭髪は、きちんと分けられ、油で撫《な》でつけられている。恐れ入った男だ。耳にはペンホルダーをはさんでいたっけ。

おれはこの奇跡的な男と握手を交わした。聞けばこの男、会社の主任会計士で、帳簿の仕事はすべてこの出張所でこなしているのだという。〝ちょっと新鮮な空気を吸いに〟出てきたところなんだそうだ。そのセリフはなんだか奇体なものに聞こえた。こんな場所でも自分はいつもデスクにしがみついているんだ、と言わんばかりで。この男のことは特に紹介するまでもないのだが、実は、当時の記憶と分かちがたく結びついているある人物の名前を初めて聞いたのが、この男の口を通してだったんでね。それにおれは、この会計士に敬意も抱いたんだ。彼のハイ・カラー、幅広のカフス、きれいに撫でつけられた頭髪、どれをとっても立派なものだった。そりゃたしかに、美容室のマネキン並みの身なりだったとはいえ、とかく自堕落になりがちなあの土地で、よくぞこれだけの洒落《しゃれ》っ気を保っているものよ、と感心したのさ。ある意味、あれこそは土性《どしょ》っ骨《ぽね》というものだろう！　糊のきいたハイ・カラーに、めかしこんだシャツとくるんだから、これぞ鉄の意志の現われでなくてなんだと言いたいね。この土地に暮らして、もう三年近くになるという。後日、おれは訊いてみずにはいられなかった、なんでそんなに粋《いき》なリネンのシャツなど着ているんだい、と。すると彼氏、頬をほんのりと紅《あか》く染めて、慎《つつ》ましやかに答えてくれたよ、『実は、この出張所にまつわることで、原住民の女を一人、教育してましてね。これが、そう生易しいことじゃない。なにしろ、働くのをいやがる性分なので』とすると、この会計士はまぎれもなく、ある高尚な事業に献身しているわけだ。しかも彼は、帳簿の仕事にも全力を捧げている。その仕事ぶりも文句のつけようがなかった。

それ以外の点では、この出張所、何もかもが雑然としていた——人も、物も、建物も。埃《ほこり》まみれの、がに股《また》の黒人たちが、引きも切らずにやってきてはまた出てゆく。各種の加工品、安物の綿製品、ビーズ、真鍮《しんちゅう》の針金＊などが闇《やみ》の奥地に運び出され、それと引き換えに、わずかながらもすこしずつ象牙《ぞうげ》が運び込まれてくる。

それから十日間も、おれはこの出張所で待機を強いられた——永遠にも等しい時間だったよ。寝起きしていたのは敷地内の小屋だが、周囲がなんとも騒然としているため、ときどき会計士の事務所に足を運んだ。そこは横板を張りめぐらした建物なんだが、工事があまりに杜撰《ずさん》だったため、会計士殿が高いデスクの上にかがむと、大きな板の隙間から差し込んだ陽光が彼の首から踵《かかと》にかけて縞《しま》模様を描くほどだった。外を覗《のぞ》くにも、大きな鎧戸《よろいど》をあけるまでもない。それに、ともかく暑かったな、あそこは。

大きな虻《あぶ》がぶうんという翅音《はおと》もすさまじく飛びまわって、体にとまると、チクッと刺すんじゃなく、ずぶっと刺してくる。おれはだいたい床にすわっていたんだが、あの寸分の隙もなくめかし込んだ（しかも、微かに香水の香りまで漂わせた）会計士は、高いスツールに腰かけて、ひたすら帳簿に書き込んでいるんだ。ときどき立ち上がっては運動もする。あるとき病人（奥地で病に倒れた社員）が低いベッドに寝かされて慌ただしく運び込まれたときには、彼氏、それとなく顔をしかめてみせたね。『こういう病人に呻《うめ》き声を立てられると、気が散って困ります。それでなくともこの気候では、経理に正確を期すのがひと苦労でして』

その彼がある日、顔もあげずに言ったのさ。『いずれ奥地にいかれたら、あなたは間違いなくクルツ氏にお会いになるでしょうね』何者だい、そのクルツ氏とやらは、とおれがたずねると、一級社員です、と言う。なあんだ、そんなことか、という表情を浮かべたおれを見て、彼はペンを置いてゆっくりと言った。『そうざらにはいない人物ですよ』おれはさらに問いを重ねて、次のような事実を聞き出した――クルツ氏は現在、ある出張所の指揮をとっていること。そこは掛け値のない象牙の産地にある、重要な出張所であること。『中でも奥まった場所にあって、他の出張所が束になってもかなわないくらいの量の象牙を送ってくるんですから……』会計士はまた帳簿の書き込みにもどった。ベッドで運び込まれた男はさらに病状が悪化して、もう呻き声すらたてない。にわかに静まり返った部屋の中で、蠅《はえ》がうるさく飛びまわっていた。

突然、大きな人声と、ドタドタと地面を踏み鳴らす足音が聞こえた。会社の運送隊《キャラバン》が到着したのだ。板壁の向こうで、何やら怒鳴り合うように、粗野な言葉をわめき散らす声が聞こえる。黒人運搬夫たちがいっせいに何かしゃべくっていて、その騒ぎのなか、おそらくはその日二十回目にはなるのだろうが、主任の社員が『ああ、もうやってられない』と、泣きわめくような声で叫ぶのが聞こえた……。会計士がゆっくりと立ち上がった。『うるさい連中だ、まったく』と言って静かに部屋を横切り、横たわっている病人の様子を見にいく。もどってきてから、おれに言った。『あの騒ぎも聞こえないようです』で、『何だって？　死んだのかい？』びっくりしておれが訊くと、『いえ、まだ』顔色ひとつ変えずに答えた。それから、皮肉っぽく外の騒ぎのほうに顎をしゃくって、『帳簿の記入は一点のミスも許されません。それなのに、外ではあの騒ぎですからね。つくづく蛮人どもが憎らしくなる——殺したいほど憎らしくなりますよ』しばらくじっと考え込んでから、『クルツ氏にお会いになったら、こう伝えてください』——ちらっと自分のデスクのほうを見て——『ここでは何もかも順調だ、と。わたしからは手紙を書きたくないのです。手紙を届ける連中がいい加減だから、中央出張所のだれの手に渡るか、知れたものじゃないので』大きく見張った、おだやかな目でおれの顔を見つめてから、また口をひらいた。『まあね、彼はかなりの出世をとげるでしょう。経営幹部に抜擢《ばってき》されるのも時間の問題です。上のほうの――ヨーロッパ本社の幹部たちが――そういう意向だから』

会計士は仕事にもどった。外の騒ぎはおさまっている。おれは外へ出ようとして戸口で立ち止まった。相変わらず蠅がうるさく飛びまわるなか、故郷に送り返される社員は赤らんだ顔で正体もなく横たわっている。会計士のほうは帳簿にのしかかるようにして、完全無欠な取引の結果を正確に書き込んでいた。戸口の十五メートルほど下方には、あの静まり返った死の木立の梢《こずえ》が見えた。

翌日、おれは六十人の運送隊にくっついて、とうとうあの出張所を後にした。そこから陸地を三百二十キロ踏破するのだ。*

それについては、くだくだしく話すまでもないだろう。どっちを向いても小道、小道。踏みならされた小道が、無人の地に網の目のように走って、生い茂った草の間を抜け、焼け野原を通り、密生した藪《やぶ》を突き抜けている。ひんやりした渓谷を登っては下り、暑熱で息もつまりそうな石ころだらけの丘を登っては下る。周辺はただ寂《せき》として、人影ひとつ、小屋の一つもない。住民たちははるか昔に姿を消していたのだ。まあね、もしイギリスのディールとグレイヴゼンド間の街道筋を、ありとあらゆる恐ろしい武器を手にした正体不明の黒人集団がのし歩いて、そこいらの田舎者たちに重い荷物を運ばせようとしたならば、周辺の農園や人家はたちまち空っぽになってしまうだろうさ、みんな逃げだしてね。ここでは人家そのものまで消えてしまうんだが。それでもおれは、放棄された人家が残る村落をいくつか通り抜けたがね。廃墟《はいきょ》となった草葺《くさぶ》きの家は、その、どこか幼稚なつくりが侘《わび》しかったな。それはともかく、くる日もくる日も、六十対の裸足《はだし》の足が地面を踏みしめて引きずるように歩く音が、背後についてくる。その一人一人がおよそ三十キロの荷物を背負っているんだ。野営をし、食事をとり、眠り、また野営をして行進する。ときどき、道路わきの高い草むらの中で、背負い子をしょったままの運搬夫が死んでいた。空《から》になった水呑《みずの》み瓢箪《ひょうたん》と長い杖《つえ》がわきに転がっていた。周囲も頭上も物音ひとつしない。だが、ときとして、しんと静まりかえった夜には、遠方から太鼓の音が伝わってくることがあった。低くこもっては膨れあがり、高く響いては薄れてゆく。奇妙に胸騒ぎを起こす荒々しくも暗示的なその響き——それはおそらくキリスト教国の教会の鐘の音のように深い意味を孕《はら》んでもいたのだろう。あるとき、ボタンをはずした軍服姿の白人が道路わきで野営しているのに出会った。ザンジバル出身らしい瘦《や》せっぽちの黒人が、武器を手に従っていた。この白人、やたらと愛想がよく、陽気でね、酔っぱらっているんじゃないかと思ったくらいに。道路の安全維持にこれ務めているとのたまうのだが、おれの見たところ、そこには道路と呼べるものもなし、ましてや、それが維持されている気配などあったもんじゃない。そこから五キロほど進んだところに、額に弾痕《だんこん》のある中年の黒人の死体が転がっていて、おれはまともにそいつにつまずいてしまった。これなどは永続的な道路の安全策の一端か。それはともかく、おれには一人、白人の連れがいた。悪い男じゃないんだが、こいつ、とかく木陰や水飲み場から遠く離れた酷暑の山道で気絶するという、うんざりするような癖の持ち主だった。こっちはそいつが息を吹き返すまで、自分の上着を脱いで、パラソル代わりにそいつの顔を覆《おお》ってやらなければならないのだから、はた迷惑もいいところ。一度、あんた、何が目的でこんなところにやってきたんだ、とつい訊いてしまったことがある。するとそいつ、『そりゃ金儲けのためさ。きまってるだろう?』と、こっちを見下したように答えてくれたもんだ。そのうちやっこさん、熱病にかかってしまい、棒に吊るしたハンモックに寝かせて運ぶ仕儀に相なった。なにせ体重百キロときているので、かつぐ連中をなだめるのが大変だった。そいつらときたら、勝手に立ち止まったり、逃げ出したり、運んでいる荷物ごと夜中にトンズラしたり——ちょっとした反乱もいいところさ。そこである晩、おれは身振り手振りも勇ましく、英語で演説をぶってやった。*その熱意は、目の前の六十人の男たちの胸に、しかと伝わったらしい。翌朝、おれは無事にハンモックを先発させることができたのだから。ところが、その一時間後、おれは藪の中で悲惨な有様を目にすることになる――あの太っちょの男、ハンモック、呻き声、毛布、すさまじい暴行の痕《あと》。男は太い担《かつ》ぎ棒で鼻をめちゃくちゃに殴られていた。下手人を殺してくれとせがむんだが、近くには運搬夫の影ひとつない。おれはしなくも、あの老医師の言葉を思い出していた――〝そうだな、各個人の精神的変化を観察できたら、科学には役立つだろうな。とりわけ現地で観察できたらね〟。おれは、この自分こそが科学的に興味深い存在になりかけているんじゃないか、という気がしてきた。だからって何かの役に立つこともないだろうがね。あの大河がまた見えてきたのは、十五日目のことだった。おれはふらつきながら、どうにか中央出張所*にたどりついた。この出張所は淀《よど》んだ河の岸辺にあって、周囲を森や灌木《かんぼく》の茂みに囲まれていた。河に面した建物の一画は悪臭ふんぷんの泥地《でいち》につながり、残る周辺は野放図に茂ったイグサが柵代わりになっている。その柵の、手入れもされていない裂け目が唯一の出入り口だった。ひと目この敷地を見ただけで、ここを管理しているのはぐうたらなやつだなと察しがついた。そのとき、建物のあいだから長い杖を手にした白人が数人姿を現した。

その連中、ぶらぶらと近寄ってきて、おれを一瞥するなりまたどこかに消えていってしまう。なかの一人、でっぷりした体格の、黒い口ひげを生やした男に、おれはこういう者だと告げると、その男、すぐ興奮するたちらしく、関係ないことをべらべらしゃべったあげくに言ってくれたね、このおれが操縦するはずの蒸気船はいま河の底だと。愕然《がくぜん》として、耳を疑ったよ。なんだって！　どういうことだ、いったい？　いやなに、大丈夫ですよ、とその男。その場には〝支配人ご自身〟も立ち会って、何もかも適切に処理されましたから。『だれもかも素晴らしい働きをしたんですよ。本当に素晴らしい働きを！』――『だからあなたも』とそいつは口から泡を飛ばしてつづけるんだ。『すぐ支配人のところにいきなさい。支配人もお待ちだから！』

この、おれが船長役を務めるはずだった蒸気船が沈没した一件、裏にどんな思惑があったのか、*すぐにはわからなかった。いまはおおよそ察しがついているけれども確信はない――まったくない。たしかに馬鹿《ばか》げた話で――いま思えば――実に不自然な成り行きだと思う。しかし……そのときは、まったくもって迷惑な話だと慨嘆するほかどうしようもなかった。なにしろ、いよいよおれの出番だぞと張り切っていた矢先に、肝心の蒸気船が沈没してしまったというんだから。発端は二日前だったという。何か急用ができて支配人がその蒸気船に乗り込み、急いで河上に向かったんだそうな。

船長役はだれかが買って出た。ところが、三時間もたたないうちに河底の岩に船底をぶつけて穴をあけてしまい、南岸の近くで沈没してしまった。おれは自問したよ、操縦する船がないとなりゃどうすればいいんだ、と。でも、実際にはやることはたくさんあった。何よりもまず、船を河底から引き揚げるという難業が控えていたんだから。一日とおかず、おれはその難業に取り組んだ。それが完了してから、引き続き、壊れた船を出張所に運んで修理をするのに数か月もかかってしまった。

支配人との最初の対面は、ちょっと変わっていた。なにせ、その朝三十キロ近くも歩いてきたおれに、すわったらどうだい、という声一つかけてくれないのだから。その顔色、目鼻立ち、物腰、声音、どれをとっても平々凡々たる男だった。背は低からず高からず、肉づきもごく普通。目の色はありきたりのブルーだが、斧《おの》のようにずっしりと鋭い切れ味の一瞥を人に投げかけることができた。ただ、そんなときでも、全体としての物腰は、なに特別な底意はないのだよ、と匂《にお》わせているように見えるんだな。それ以外に目立つ点と言えば、唇を微かに、それとわからない程度に歪《ゆが》めること。それは一見ほくそ笑んでいるような感じで――いや、笑みとまではいかないか――その表情は覚えていても、それを具体的に形容するのが難しいんだ。たぶん、あの笑みは無意識に浮かぶんだろう。何か言った後で、一瞬、くっきりと浮かぶんだよ。そう、何かを言ってから、その言葉を封印するかのように浮かぶんだ。だから、彼が放つごくありきたりの言葉でも、何かしら隠された底意があるのではと疑ってしまう。その正体は、ごく若い時分からこの地で働いてきた、並みの器量の商社員さ。部下たちはおとなしく従っていたが、といってあの男を特別恐れうやまうこともなく、ましてや尊敬を抱くこともない。とにかく、彼と話していると、どこか落ち着かない気分になってくる。うん、それだ！　なんとも落ち着かない気分。確たる不信感ともちがう――ただ落ち着かない気分――それに尽きる。そういう能力がどんなに効果的か、きみらにはわかるまい。あの男には組織能力、リーダーシップ、統治能力、いずれの面でもずば抜けた天分などなかった。それは、あの出張所のお粗末な状態を見ても明らかだった。学問的な素養もなければ知性もない。それなのにあの地位を手に入れた――なぜか？　たぶん一度も病いに倒れなかったせいだろう……実際、三年の任期を三期務めているというのだから……たしかに、だれしも体を壊して当然の土地で健康を誇っていられるというのは、それ自体、一つの特技なんだろう。休暇でお里帰りしたときなどは破目を外して放蕩《ほうとう》の限りを尽くすらしい――威張りくさってね。正体は陸にあがった船乗りで、ただ外見がちがうだけさ。それは、話すのを聞いただけですぐにわかった。独創性など薬にしたくもなくて、ただ決まりきったルーティンを無難にこなしているだけなんだ。とはいっても、並みの男じゃないことだけはたしかでね。つまり、何が彼を動かしているのかわからないというだけでも並外れていたわけだ。その秘密を明かすことは決してなかった。もしかすると、中身はからっぽだったのかもしれない。そんな疑念すら湧《わ》いてくるほどで——あの地では外見で人を判断することはできなかったからな。あるときいろんな熱帯病が流行《はや》って、社員たちのほとんどが倒れたとき、あの男はこう言い放ったそうだ、『いやしくもこの大陸にやってくる者は、内臓など備えてちゃいけないんだ』と。その後、その放言を例の薄笑いで封印したらしいが、その笑い自体、あの男の抱えている闇に通じる扉のようなものなんだろう。読めてきたぞ、とこちらが思っても、封印された扉はびくともしない。あるとき、食事どきの席順をめぐって部下の白人どもが揉《も》めるのに腹を立てた彼は、大きな円卓を新たに作るように命じた。その円卓を据えるための特別な建物も造らせた。それがこの出張所の食堂になっている。彼がすわる場所が第一等の席で、あとはどうでもいい。それで間違いなし。そう信じ込んでいるんだろうと、周囲では見ていたね。礼儀正しくもなければ、不作法でもない。口数のすくない男だった。どこか沿岸の土地生まれの、若い大食漢の黒人を従者役に使っていたが、その黒人が彼の目の前で白人たちに横柄《おうへい》な振舞いをしても、黙って見逃していた。

おれをひと目見るなり支配人はしゃべりはじめた。きみがなかなか現れないんで、待ちきれずに出発したんだ。とにかく、上流の出張所に交代を送らなきゃならないんだが、だいぶ手間取ってしまっていて、いったいだれが死んでだれが生きているのか、どうやって命をつないでいるのか、それが皆目わからんのさ――等々、一方的にしゃべりまくるんだ。おれの説明になど耳も貸さない。封蠟《ふうろう》の棒をいじりながら、事態は深刻でね、実に深刻なんだ、とくり返す。すこぶる重要な出張所が危機に瀕していて、所長のクルツ君が病に倒れたという噂《うわさ》がある。偽《にせ》の情報であればいいんだが。クルツ君というのはね、きみ……おれはうんざりして、イライラしてきたよ。クルツなんかくそくらえ、と思った。で、支配人の話を遮って言ったんだ、クルツ氏の噂は河口のほうの出張所で聞きましたよ、と。『ほう、そうか！　じゃ、あっちでも噂になっているのか』と支配人はつぶやく。それからまた、われに返ったようにしゃべりだした、クルツ君はわたしの部下の中でもずば抜けた存在でね、実に有能な人物なんだ。会社にとってもかけがえのない存在だ。だからわたしの懸念《けねん》も理解してもらえるだろう。それでわたしは、と支配人はつづける。『いても立ってもおられんのさ』椅子《いす》にすわったまましきりに体を揺すって、『ああ、あのクルツ君、いまどうしていることやら！』叫んだ拍子に封蠟の棒をぽきりと折ってしまい、思わぬ手違いに呆然《ぼうぜん》としている様子。するとこんどはおれに向かって、『それでだね、出発までにはどれくらい——』と言いだしたから、おれはすぐに遮ってやった。なにしろ、こっちは腹をすかしているのに立ちん棒のままなんだから。さすがにむかっときて言ってやったんだ。『そんなの、わかるはずないでしょう。肝心かなめの船ですら、まだ見てないんだから——数か月はかかるでしょうね、間違いなく』なんたる不毛な会話か、とおれは思ったな。『なるほど、数か月か』と支配人は言う。『じゃあ、どうだろう、三か月後には出発ということにしては。うん、それだけあれば片づくんじゃないか』おれは呆《あき》れかえって、ふん、口先だけの唐変木め、とぶつぶつ罵《ののし》りながら小屋を飛び出した（支配人は、ヴェランダらしきものを備えた泥造りの小屋に一人で暮らしていた）。まあ、後になってこの悪口は撤回したんだが。というのも、問題解決まで三か月、という彼の見立てが結果的にはぴたりと的中したもので。

翌日から、おれは仕事にとりかかった。いわば、あの出張所に背を向ける格好でね。それで初めて、人生で何かしら意義のあることをしているという実感が持てたんだ。しかし、そうは言っても、ときどきは周囲に目を配らなければならない。すると、いやでもあの出張所が、暑い日ざかりの敷地をただぶらぶらと歩きまわっている男たちが、目に入る。いったいどういうことなんだと、時折り考えさせられたね。やつらときたら、あのけったいな長い杖を手に、ただあてもなくその辺をウロつきまわっているんだから。まるで腐った柵《さく》の中で魔法にかかったあげく、信仰を失った巡礼たちのように。そこでは〝象牙〟という言葉が宙に漂い、ささやかれ、吐息まじりにくり返される。それこそ象牙が祈りの対象かと思わされるくらいなのさ。そして、死体から漂よう微風のように、愚鈍な強欲の臭気が周囲を吹き抜けている。やれやれだよ！　あんなに現実離れした光景は見たこともない。そしてその外側では、この狭小《きょうしょう》な開拓地を囲む寡黙《かもく》な大密林*が、悪か真理か、打ち克《か》ちがたい偉大な存在としてこちらを圧倒してくるんだ。まるで、人間どもの途方もない侵略が過ぎ去るのを辛抱強く待っているかのように。

ああ、その数か月の、なんと長かったこと！　なに、いまとなってはどうということもないんだが。その間、いろんなことが起きてくれたよ。ある晩など、キャラコや更紗《さらさ》やビーズ、その他雑多なものが詰め込まれた草葺きの小屋が突然炎上してね。あまりにも突然の出来事だったから、大地が割れて復讐《ふくしゅう》の炎があのごみ屑《くず》を焼き尽くそうとしているのでは、と思ったくらいさ。おれはそのとき、修理中の蒸気船のそばで静かにパイプをふかしていたんだが、炎に照らされた男たちが、両手を高く振りかざして駆けまわる姿が見えた。すると例の、口ひげを生やした太っちょの男がブリキのバケツを手に河岸まで駆け下りてきた。そのおっさん、だれもみんな〝見事な〟働きをしている、ああ、それは〝見事な〟働きをしているよ、とおれに請け合うなり、バケツに一リットルほどの水を汲《く》んで駆けもどっていった。そのバケツの底には穴があいていたが。

おれはゆっくりと坂をのぼっていった。急ぐ必要はなかった。あの小屋はそれこそマッチ箱みたいに燃えていたんだから。消し止める望みなんぞ、最初からなかったのさ。炎は一気に燃え上がり、もはやだれも寄せつけず、周囲一帯を明るく照らし出したあげく――崩れ落ちるように火勢が衰えた。おれが近づいたとき、小屋はもう真っ赤に輝く燃えさしの山と化していた。近くで、一人の黒人がさんざんぶちのめされていた。そいつが火つけの犯人だというんだが、真偽はともかく、その男、すさまじい声で泣き叫んでいたな。後日その男を見かけたときは、いまにも死にそうな顔で狭い日陰にへたり込んでいた。そいつなりに、なんとか立ち直ろうとしていたんだろう。あとでそいつはふらっと立ち上がると、出張所の敷地から出ていった――あの大密林がまたしても、音もなくそいつを呑み込んで懐《ふところ》に抱え込んだのだ。暗がりから明るい火元のほうに近寄っていくと、前方で二人の男が語り合っていた。クルツという名前が二人の口にのぼり、〝この不幸な出来事を逆手にとって〟などという文句がそれにつづいた。二人のうちの一人は支配人だった。おれが挨拶すると、支配人は、『こんな火事を見たことがあるかね——え？　まったく信じられんよ』と言って歩み去った。もう一人の男はその場に残った。彼はまだ若い一級社員で、まあまあ控えめな、紳士的な男だった。先端が二股に分かれた短い顎《あご》ひげ、見事な鉤鼻《かぎばな》。他の社員たちとは日頃距離を置いているため、支配人のスパイじゃないかという説がもっぱらだった。おれもそれまで、この男とはめったに口をきいたことがなかった。そいつとおれは自然と言葉を交わし合い、まだじゅっと燻《くすぶ》っている小屋の残骸を背に歩きだした。すると彼は、ぼくの部屋に寄っていきませんか、と言う。その部屋は出張所の中央棟の中にあった。若者がすったマッチの明かりで、彼が特権的な地位を享受《きょうじゅ》しているのがわかった。なにしろ銀張りの洗面用具入れを持っているばかりか、ろうそくまで専用のものなのだから。あの当時、ろうそくを自由に使えるのは支配人に限られていたはずなのに。部屋の土壁は原住民の手になる筵《むしろ》で覆われており、戦利品の槍《やり》、鉄の鏃《やじり》付きの細身の槍、楯《たて》、それにナイフ等がかかっていた。この男に任されている仕事はレンガ造りと聞いていたのだが、この出張所のどこを探してもレンガのかけら一つない。しかも彼はもう一年以上ここで待機しているのだ。レンガ造りに必要な何かが足りないらしい——たぶん藁《わら》でも足りないんじゃないか。*いずれにしろ、その〝何か〟はここにはないのだし、ヨーロッパから送られてくる気配もないのだから、この男はいったい何を待っているのか。おおかた、必要なものを神さまが特別に創造してくれるのを待っているんだろうよ。しかし、それを言えば、連中——十六人だか二十人だかの社員たち——はみんな、何かを待っていたのだ。これははっきり言えるんだが、連中のふだんの様子から推すと、それをいやがっているふうでもなかったな。そうして待った結果やってきたのは、おれの見るところ、病気ぐらいのものだったが。で、連中は陰で悪口を言い合ったり、愚かしい策謀を仕掛け合ったりして時間をつぶしていた。あの出張所には何か陰謀めいた空気が漂っていたが、もちろん、何も起こりはしない。その陰謀めいた空気もまた、他のもろもろ同様、現実的な裏付けに乏しいのだ——あの会社の人道主義的な方針、その具体策、運営の仕方、見かけ倒しの仕事ぶりなどと同様にね。唯一《ゆいいつ》生々しい感情といったら、象牙が持ち込まれる出張所になんとか配転されたいという願望のみ。その望みがかなえば、かなりの歩合が稼げるからだ。もっぱらその目的のために、連中は策謀を練り、中傷し合い、憎み合う——ただし、そのために小指一本動かすかというと——そんなことはない。絶対に！　結局、この世には他人の馬を盗んでも許される男がいる一方で、馬の轡《くつわ》を見ただけで罰される男がいるということなんだろう。正面から堂々と馬を盗んでしまえば、そうか、やってしまったか、じゃあ、乗るのも大目にみてやるか、となる可能性もある。その一方、他人《ひと》さまの馬の轡を盗み見るだけでも、その目つき次第では、どんなに慈悲深い聖人からもお叱《しか》りを頂戴《ちょうだい》するかもしれない、ってわけさ。

だいたい、この若い社員がどうしておれに取り入ろうとするのか、最初はわからなかった。けれども、話しているうちにひらめいた。こいつは何かカマをかけているんだ、おれから何かをさぐりだそうとしているんだ、とね。というのも、そいつはしきりと話をヨーロッパ本社のほうに、おれが知っていると思われるお偉方たちの近況のほうに、持っていこうとするので——そう、あの墓場を連想させる街に住むおれの知人たちに関して、何かと誘導尋問をくり出してくるのさ。その際、なんとか横柄にかまえようとしながらも、あの小さな目を好奇心で雲母のように輝かせていたな。最初のうち、おれは呆気《あっけ》にとられていた。が、そのうち、こいつはいったい何をおれから探りだそうとしているんだろう、と猛烈に好奇心が湧いてきた。彼がそんな手間暇をかける価値のあるどんなものをおれが握っているのか、見当もつかなかったのさ。でも、彼がやきもきしているさまを見ているのは、実に愉《たの》しかった。本当のところ、おれは全身にさむけを覚えていたし、頭の中はあのみじめな蒸気船のことでいっぱいだったんだがね。そんなおれは終始そらっとぼけている、とあの男が見なしているのは明らかだった。そのうちとうとう、やっこさん、頭にきたらしい。怒りが顔に出るのを隠そうとしてあくびをした。それをしおにおれは立ち上がった。そのとき、一枚の板に描かれた小さな油絵に目が止まった。ゆったりした衣を着て目隠しをされた女が、火のついた松明《たいまつ》をかかげている絵柄だった。背景の色は薄暗く、ほとんど黒に近い。女の身ごなしは毅然《きぜん》としていて、顔を照らす松明の明かりが不吉な翳《かげ》を生んでいた。

おれは思わず足を止めた。すると、いまあくびをしたばかりの男が、シャンペンの小壜《こびん》（気付け用のもの）に挿したろうそくをご丁寧にかざしてくれる。おれの問いかけに対して、描いたのはクルツさんなんです、と教えてくれた。一年以上も前、ほかならぬこの出張所で、自分の出張所に向かう船を待つ間に描いたのだという。『教えてくれ』とおれは言った。『いったい何者なんだ、そのクルツさんとやらは？』

『奥地出張所の所長ですよ』そっけなく言って、彼は目をそらした。『これはご丁寧な説明、痛み入るね』おれは笑いながら言った。『そしてあんたは、この中央出張所のレンガ造り担当なんだよな。だれもが知っているとおり』やっこさん、しばらく沈黙していたけれども、そのうち堰《せき》を切ったようにしゃべりだした。『あの人は天才です。憐憫《れんびん》と科学と進歩、その他、数えきれないものを伝えてくれる使徒なんです。われわれには――』と、急に熱っぽい口調になって、『どうしたって必要なんですよ、ヨーロッパから託された大義を教え導いてくれる人が。より高い次元の知性、おおらかな思いやり、ただ一途《いちず》に目標に向かう熱意の主がね』『だれがそんなことを言ってるんだい?』とおれが訊《き》くと、彼は答えた。『そりゃ、大勢の人がです。それを文章にした人だっていますよ。だからこそ、あの人は当地にやってきたんです。特別な人ですよ。あなたも当然ご承知でしょうが』これにはおれも啞然《あぜん》として、『なんでおれが〝当然ご承知〟なんだ?』と訊いた。やっこさん、いっこうに気にした様子もなくつづけたね。『そうですとも。いまのあの人は最高の業績を上げている出張所の所長。来年には副支配人、それから二年後には……これはあなたのほうがご存じでしょう、二年後のあの人がどんな地位についているか。あなたも新たなグループの一員だ——徳行を重んじるグループのね。あの人を特別に当地に派遣した、その同じお偉方たちがあなたを推薦したんだから。ちがうと言ったって無駄ですよ。ぼくの目には狂いがないんだ』それでおれにも読めてきた。あの、わが親愛なる叔母の有力な知人たちが、この若者に予想外の影響を及ぼしつつあるのだ。思わず失笑しそうになった。『あんた、会社の部外秘の通信文なんかを盗み見してるのかい?』と訊いたところ、この若き社員殿は一言もない。実に愉快だった。で、おれはいかめしい口調で二の矢を放ってやった。『そのクルツ氏とやらが総支配人になったら、あんた、もうそんな禁断の行為はしてられんぜ』

若い社員は唐突にろうそくの火を吹き消した。おれたちは外に出た。もう月がのぼっていた。そちこちで黒い人影がのろのろ歩きまわって、残り火に水をかけている。じゅうという音があがり、月明かりに蒸気が立ちのぼっていた。さんざんに打ち据えられた黒人が、どこかで呻き声をあげている。『あの獣めが、うるさく騒ぎ立てやがって！』口ひげを生やした、あの疲れ知らずの男が、おれたちの近くに現れて罵った。『ざまあみろ。罪を犯したら、罰で報いるんだ、びしっとな！　情けは無用、情けは無用。それに優《まさ》る手はないぜ。こうしておけば、この先大火も防げようってもんだ。いまも支配人に話してきたんだが……』そこでおれの連れに気づいたらしく、それまでの勇ましさはどこへやら、『あ、まだ起きていらっしゃったんで』卑屈なまでのお追従《ついしょう》ぶりだった。『そりゃまあ無理もありませんや、あれほど危険な火事ですから――大騒ぎにもなりまさね』そこでぷいと姿を消した。そこからおれが河岸のほうに下ってゆくと、若い一級社員もついてきた。『役立たず共が――もう』低く痛罵《つうば》する声が耳を打つ。そこかしこに集まって、身振り手振りをまじえて論じ合っている社員たちの姿が見えた。まだ杖を持っている者も何人かいた。あの連中、きっと寝床まで杖を持ち込むんだろうよ。柵の向こうでは、叢林《そうりん》が亡霊のように月光を浴びている。

その微かなうごめきを通して、あの嘆かわしい中庭の微かな物音を通して、物言わぬ大地の威容が胸に染《し》みとおってくる——そう、その神秘、その偉大さ、そこに隠された生命の驚くべき実相が。どこか近くで、あの傷を負った黒人が虫の息で呻いている。それから深い溜息《ためいき》を洩《も》らしたので、おれは足早にそこを離れた。脇《わき》の下に手が差し込まれるのを感じた。『ここだけの話ですがね』と、若い社員が言う。『ぼくは誤解されたくないんですよ、とりわけあなたには。だってあなたは、ぼくよりずっと早くクルツさんに会う喜びにひたれるんですから。ぼくとしては、クルツさんに、ぼくに関する誤った先入観を抱いてほしくないんです』

この張り子のメフィストフェレスに、おれはしばらく勝手にしゃべらせておいた。こいつの体にぶすっと人差し指を突っ込んだら、中はさだめしがらんどうで、底のほうにほんのちょっぴり砂がたまっているんじゃないかって気がしたね。こいつは、もうお気づきだろうが、いまの支配人の下で、いずれ副支配人になるつもりでいたんだろう。ところが、クルツという男の登場で、二人とも、すくなからず慌《あわ》ててしまったんだ。若い社員は勢い込んでしゃべりつづける。おれは止めなかった。河に棲《す》む巨大な動物の死体さながら岸辺に引き揚げられた蒸気船の船腹に、おれはもたれかかっていた。泥の臭《にお》いが鼻をついた。これぞまさしく太古の泥の臭い！　眼前には森閑とした太古の森。黒い河面《かわも》はつやつやとまだら模様を描いて輝いている。月は目に映るものみなすべての上に薄い銀の膜を広げている——生い茂った草の上にも、泥の上にも、神殿より高くもつれ合ったつる草の壁の上にも、そしてまた、暗鬱《あんうつ》な森の隙間《すきま》ごしに輝いて見える大河の、つぶやき一つ発しない幅広い流れの上にも。それらすべては壮大で、期待を孕んで静まり返っているんだが、この男はひたすら自分のことのみをしゃべりつづける。おれたち二人を凝視しているこの深遠なるものがまとう静けさは、果たして何らかの訴えなのか、それとも脅威なのかとおれは考えたね。こんなところにまぎれこんできたおれたちは、いったい何者なのか？　この物言わぬ大自然を、おれたちは手馴《てな》づけることができるのか、それとも逆に手馴づけられてしまうのか。物言わぬ、そしておそらくは耳も聞こえぬ、この深遠なるもののとてつもない巨大さを、おれは感じていた。そこにはいったい何があるのか。そこからは象牙が運び出され、またクルツなる男がそこにいるという。それについてはずいぶん色々と聞かされた——いやになるくらいに！　ところが、具体的なイメージがまったく浮かばないのだ——まるでそこには天使や悪鬼がいると聞かされたように。そう、火星には住人がいるんだと聞かされて、ああそうか、と思うようなものさ。以前、スコットランド人の知り合いで、火星には人が住んでいると確信している縫帆業者がいた。じゃあ、その火星人はどんな姿をしていて、どんな風に動きまわるんだ、と訊くと、とたんに彼氏しどろもどろになって、〝だからその、四つん這いで〟とかなんとかつぶやくんだな。それでこっちがにやっと笑ったりすると大変だ、彼氏――六十年輩のいい歳なのに――ようし、やるか、とばかり喧嘩腰《けんかごし》になるんだから。おれの場合は結局、クルツのためなら喧嘩をしてもいい、というところまではいかなかったけれども、彼のために嘘《うそ》をついたも同然なところまではいった。ご承知のとおり、おれは性分として嘘はつきたくない、あれは大嫌いだし、とても耐えられない。きみらより真っ正直だからというんじゃなくて、単純にいやなんだ。嘘というやつには死の臭い、断ち切られそうな生の味がある――だからいやで、大嫌いで、すぐにでも忘れたいと思う。どうにもみじめな気分で、吐き気がしてくるんだな、何か腐ったものにかぶりついたときのように。まあ、性分というやつだろう。それなのに、あのときは嘘をついたも同然のところまでいってしまった。ヨーロッパ本社におけるおれの人脈に関して、あの若造が想像を逞《たくま》しくするがままに放置することでね。その瞬間おれは、あの、魔法をかけられた社員どもと同じ、中身のないうわべだけの人間になってしまった。おれとしては、あいつにそう思わせておくことが、まだ会ってもいないクルツのためにもなるのでは、という気がしたからなんだ。そのときのおれにとって、クルツはまだ一個の名前にすぎなかった。きみらと同じように、おれもまだ彼本人を見たわけじゃなかった。きみらには彼の姿が見えるかい？　これがどういう物語なのか、わかるかい？　何か手がかりのようなものでも見えるかい？　なんだか、おれはきみらに一つの夢を語ろうとしているような気がしてきたよ——ある虚《むな》しい試みをしているというか。というのも、夢をどう語ろうとも、夢の生々しい感覚は伝えられないからだ。あの、不条理と驚きと当惑が互いにせめぎ合っているおののき、何か信じがたいものにとらえられてしまったという感覚。それこそが夢というやつの精髄なんだが」

そこでマーロウはしばし沈黙した。

「……いや、これはやっぱり不可能だな。どんな場合であれ、人が味わった体験の生《なま》の感覚を正確に伝えるのは不可能だ——その体験の真実味、それが意味しているもの——その微妙にして本質的な精髄——それを伝えるのはやっぱり不可能だ。おれたちはみんな一人ぽっちで生きているんだよな——夢を見るときのように……」

そこでまた思い返すように沈黙してから、マーロウはつづけた——。

「もちろん、こうして話してきたことを聞いてくれたきみらには、あのときのおれよりずっと多くのものが見えるだろう。とりあえずきみらにはおれが見えるはずで、そのおれについては、きみらもよく知っているわけだし……」

周囲はすっかり暗くなって、聴き手の私たちは互いの顔もほとんど見えなかった。もうかなり前から、一人離れてすわっているマーロウは、もはや一つの声でしかない。言葉を発する者はだれ一人いなかった。他の連中は眠っていたかもしれないが、私は起きていた。ちゃんと耳を傾けていた。テムズ河の重苦しい夜気に包まれて、ひとりでに織りなされるかのようなこの話。それがかもし出す微かな不安の由来を解き明かしてくれる文句を、言葉を、私は待っていた。

「……ああ――やつにはそのましゃべらせておいたよ」マーロウはまた話し出した。「おれには有力な後ろ盾が存在するという思い込みも、訂正したりしなかった。勝手にしろってなもんさ！　むろん、おれにはそんな後援者などいなかった！　存在したのはただ、おれがもたれかかっていた、あのみじめな、オンボロの、傷物になった蒸気船だけだ。あの若い社員はなおも、舌先もなめらかにしゃべりつづけるんだ、『そりゃだれだって、前進しなくちゃなりませんからね。そもそもが、だれだろうとこんなところまでやってくるのは、月を見上げるためじゃないんですから。クルツさんは〝万能の天才〟だけど、どんな天才だって、適切な道具、つまり有能な部下を持っていたほうがやりやすいはずです。ぼくがレンガをこしらえないのは――もうお気づきでしょうが、ある物理的な障害のせいでして。ぼくが支配人の秘書役をつとめているのは、せっかくの上司の信頼をむげに撥《は》ねつけるのは愚劣なことだからです。おわかりでしょう?』ああ、わかるとも。『あなただったら、それ以上何を求めるんです?』何をって、冗談じゃない、おれがそのとき切望していたのはリベットだよ! 船底の穴をふさいで船を修理するためのリベット。それが何よりほしかったんだ。河口の出張所には、リベットが詰め込まれた木箱がいくらでも積んであった。箱が壊れて、リベットがそこいら中に散乱していたくらいだ。丘の中腹の敷地を歩くと、一歩踏み出すごとにリベットを蹴散《けち》らしていたくらいでね。例の死の木立の中にまでリベットは転がり込んでいた。腰をかがめる手間さえ惜しまなければ、ポケットがはち切れそうなくらいリベットを拾えただろう――それなのに、どこよりもリベットが必要な肝心かなめの場所で、ただの一本も見つからないときている。役に立ちそうな鉄板はあった。が、それを打ちつけるリベットがないんだ。週に一度、黒人のメッセンジャーが、郵便袋を肩に、杖を手にして、一人で河口の出張所に向かう。そして週に何度か、河口の出張所から運送隊が交易品を運んでやってくる――その品揃《しなぞろ》えというのが、ひと目見てブルついてしまいそうな、てらてらと光るキャラコだの、一リットル分が一ペンスのガラスのビーズだの、しみだらけの木綿のハンカチなんだがね。肝心のリベットは一本もない。運搬夫が三人もいれば、あの蒸気船を水に浮かべるのに必要なリベットをすべて運べたのに。

そんなことを話し合っているうちに、若い社員のほうも内情をさらけ出すような口ぶりになってきた。ところが、おれのほうがまったくそれに乗らないものだから、やっこさん、とうとう頭にきてしまったらしい。ここで一言きめつけておかなければと思ったのか、自分は神も悪魔も何のその、ましてやただの人間相手ならびくともするもんじゃありません、ときた。ああ、それはそうだろう、とおれは返してやった。こっちが欲しいのは一定量のリベットなんだ、とね——事情がわかれば、クルツさんとやらもそう願うはずだがな、と。つづけて、毎週、河口の出張所には手紙がいってるようだが、と言いかけると……『お言葉ですが』と彼は叫んだ。『ぼくはただ、指示されたことを書いているだけなんですから』とにかくね、こっちはリベットが必要なんだ、とおれは言ってやった。何かいい方法を見つけてくれるはずだがな——頭のいい社員なら。すると、とたんに彼の態度が変わってね、うって変わって冷ややかになって、カバの話なんかを持ちだしたもんだ。あなたみたいに蒸気船の甲板で寝たりしているとき（おれは夜も昼も船の修繕に没頭していた）、カバに襲われたりしませんか、とおいでなすった。その頃、老いぼれのカバが一頭いて、そいつ、夜になると岸に上がっては出張所の敷地をウロつきまわるという悪癖の主だった。社員たちは総出でそいつに立ち向かって、手持ちのライフルを撃ちまくった。夜通し警戒に当たったやつもいたんだが、すべて無駄働きに終わった。『あのカバは不死身なんですよ』と、若い社員は言う。『でも、それはこの土地に棲む獣に限ったことで、人間となると――おわかりですね――不死身なやつなんていやしません』彼はしばらく月光を浴びて立っていた。あの華奢《きやしや》な鉤鼻をやや傾け、雲母のような目を瞬《まばた》きもせずにギラつかせて。それから、おやすみなさい、とそっけなく言い残して去っていった。やっこさん、気分を害して、かなり動揺していたのはたしかだ。それでおれは、何日かぶりに希望が湧いてきた。あの男とおさらばして、融通のきくわが友、見る影もなく傷つき壊れたボロ船に向かうのは実にいい気分だった。おれは甲板にあがった。足元で虚《うつ》ろな音が響いた。あたかも下水溝のそばで、ハントリー・アンド・パーマー社のビスケットの空き缶が蹴飛ばされたような音だった。この船、もともと頑丈な造りではないし、外観も優美とは言えないが、修理にかなりの手間暇をかけたせいか、おれのなかでは愛着が湧いていた。他のどんなに融通のきく友人も、この船ほどにはおれに尽くしてはくれまい。この船のおかげで、おれにはすこし積極性が出てきた――自分に何ができるか試そうという気になった。いや、だからって、おれは働くのが好きなわけじゃないぜ。むしろのらくらして、愉しいことを想像しているほうが性に合っている。そうなんだ、働くのが好きなわけじゃない――だれだってそうだろう――でも、仕事ってやつにもいい面はある――自分が何者かを発見できるからだ。自分の素の本性――他人ではなく、この自分に向いているもの――他人には絶対知り得ないもの。他人に見えるのはおれの外見だけで、本当のおれの中身はわからないのさ。

後部甲板の人影を見ても、おれは驚かなかった。そいつは甲板にすわって、両足をぬかるみの上に垂らしていた。おれはあの出張所にいる何人かの機械工たちと、けっこう仲良くなっていたんだ。他の社員どもはその機械工たちを見下していたがね――礼儀がなってないとか言って。甲板にすわっていたのはボイラーの修理が専門の作業長で、腕はたしかだった。ひょろっとした痩せぎすの男で、顔は黄色みがかっており、大きな目が強い光を宿していた。心配性の顔つきをしていて頭はおれの手のひらみたいにつるっとしている。ところが、抜け落ちた髪が顎にひっかかって、そこを新生の地として生まれ変わったかのように、顎ひげが腰まで垂れているんだ。六人の子持ちの男やもめで（その子たちの世話は姉さんに任せて当地にやってきたらしいんだが）、伝書鳩《ばと》の飼育が趣味だった。これに関しては熱狂的な愛好家であると同時に目利き《めき》でもあった。伝書鳩の話になると、憑《つ》かれたようにしゃべったものさ。一日の勤務が終わると、ねぐらの小屋からやってきては子供たちや鳩の話をしていたな。仕事中、蒸気船の下の泥中を這《は》うときは、そのために持ってきた白いナプキンのような布で顎ひげを縛るんだ。顎ひげを耳にかける輪っかまで、布にはついていた。夕方になると岸辺にしゃがみこんで丁寧にその布を洗い、生真面目《きまじめ》な顔で茂みに広げて乾かす姿がよく見られたよ。

おれは彼の背中を一発どやしつけて叫んだ。『おい、リベットが手に入るぞ！』すると彼はパッと立ち上がり、耳を疑うかのようにわめいた。『まさか！　リベットが！』それからぐっと声をひそめて、『あんた……うまく立ち回ったのかい？』あのとき、どうしておれたちがあんなに浮かれ騒いだのか、わからない。おれはここだけの話というように鼻のわきに指を添えると、秘密めかしてうなずいた。『でかしたね！』と彼は叫び、頭の上でパチンと指を鳴らして片足をあげる。おれはジグのステップをやってみた。二人して飛び跳ねたよ、鉄の甲板の上で。がらんとした船腹から恐ろしい共鳴音が湧きあがる。それが対岸の処女林から谺《こだま》のように跳ね返って、寝静まった出張所の上空に雷鳴にも似た音を轟《とどろ》かせる。あれを聞いたら、あばら屋の中で跳ね起きた社員だって何人かいたにちがいない。支配人の小屋の、明かりのともった入口に黒い人影が現れたと思うと、やがて消えた。その一、二秒後には、戸口自体も闇に包まれた。おれたちは踊るのを止《や》めた。すると、足を踏み鳴らす音にいっとき駆逐されていた静寂が、また大地の奥からすんなりともどってきた。樹《き》の幹、小枝、葉、大枝、花の綱等が盛んに生い茂り、絡《から》まり合って生まれた巨大な植物の壁。それがじっと静まり返って月光を浴びているさまは、声も立てぬ生命体が大挙して押し寄せているかのようで、いましも樹々の高波がせり上がり、頂点をきわめて、逆落としに大河に襲いかかろうとしているかに見えた。それはわれわれ虫けらのような人間どもを、やがてはその浅ましい生から駆逐してしまうだろう。だが、いまはその大波もぴくりとも動かない。激しい水飛沫《みずしぶき》と鼻息のような音が、押し殺した爆発音もどきに遠くから伝わってくる。それはきらめく大河の流れの中、あの魚竜《イクチオサウルス》が水浴びをしているかのようだった。『でも、考えてみりゃ』ボイラーの修理工が落ち着いた口調で言った。『リベットがこっちに届いて当然だよね』実際、そのとおり！　届かない理由なんて、あるはずがない。『大丈夫、三週間もすりゃ届くさ』おれは自信たっぷりに言ってのけた。

ところが、届かなかったのである。代わりに襲来したのは、とんだ迷惑とも、災厄とも、言うほかない連中だった。彼らはそれからの三週間のうちにいくつかの班に分かれてやってきた。どの班も、先頭に立つのは真新しい服に褐色の靴という格好の、ロバにまたがった白人だった。そいつはロバの背中という高みから右に左に顔を向けて、感激している社員たちに会釈《えしやく》した。足を痛めてふくれっ面《つら》をした、喧嘩っ早そうな黒人の群れがロバの後につづいている。テント、野営用の椅子、ブリキの箱、白い箱、茶色の梱《こり》など大量の荷物が中庭に放り出され、それでなくとも雑然とした出張所を蔽《おお》う雰囲気に、またすこし面妖《めんよう》さが加わった。こういう班が五隊やってきた。数多《あまた》の装身具商や食糧品店から略奪した品を抱えて一目散に逃亡してきたような、尋常ならざる雰囲気。まるで略奪後にそれら盗品を大密林に運び込んで、公平に分配しようとしているのでは、と思いたくなるほどだった。それは手の施しようのない混乱ぶりで、本来まっとうな品々が、人間の愚行のために、とんでもない盗品のように見えるのだ。

この、なりふりかまわぬ団体は、〈黄金郷《エルドラド》探検遠征隊〉と自称していて、一種の秘密結社のようなものだったと思う。ただ、この連中が話すのを聞いていると、下賤《げせん》な海賊もいいところだった。無鉄砲なだけで度胸に欠け、貪欲《どんよく》なだけで大胆不敵な精神力のかけらもない。ひたすら残忍で真の勇気に欠けるんだ。彼らの一人として、先見の明とか真摯《しんし》な行動意欲などを持ち合わせてはいない。そもそも、しかるべき事業を達成するにはそうした心構えが不可欠だということすらわかっていないんだな。頭にあるのは大地の奥ふところから財宝をむしりとることだけで、道徳的な目標の皆無な点は金庫破りの盗賊どもと選ぶところがない。かくも高貴な事業の金主は果たしてだれだったのか。確かなのは、この遠征隊の隊長とは、ほかならぬわれらが支配人の叔父であるという一点だった。

この隊長、外見は貧民街の肉屋のおやじというところ。眠たそうな目に、小狡《こずる》さが同居していた。太鼓腹を短い脚にのせてのし歩いていたね。一隊がこの出張所にいるあいだは、甥《おい》の支配人としか言葉を交わさなかった。二人で頭を突き合わせるようにして歩きまわりながら、日がな一日、飽きずに何事か話し合っていたよ。

おれはといえば、もうリベットのことで頭を悩ますのは止めてしまっていた。あの手の馬鹿げた事態に耐えられる根気ってやつは、存外、限られているものなんだ。勝手にしやがれ！——と言って、成り行き任せにしたのさ。すると考える時間もたっぷりできたから、たまにはクルツという人物に思いを馳《は》せるようにもなった。とはいっても、格別興味をそそられたわけじゃない。ああ、まだそのときは。それでも、何らかの道徳的な理想に燃えてやってきたらしい人物が、果たしてトップの座に登りつめるのかどうかという点には興味をそそられたがね。そして、トップの座についたら、どうやって事業を展開していくのか、という点にも」

第二章

「ある日の夕まぐれ、おれが蒸気船の甲板で寝そべっていると、人声が近づいてきた——支配人とその叔父殿が岸辺を散歩していたんだ。おれはまた腕枕《うでまくら》をしてうとうとしかけたら、こんどはすぐ耳元で声が響いた。『そりゃ、わたしは子供みたいなお人よしかもしれませんが、一方的に命令されるのは好きじゃない。こう見えても支配人なんだから——そうでしょう？　それなのに、あの男をあの地に派遣しろ、と頭ごなしに命令されたんです。ふざけた話ですよ』……そのとき気づいたんだ、この二人、おれの蒸気船の船首近くの地面、つまり、甲板に寝そべっているおれの頭のすぐ下に立っているのだ、と。おれはじっとしていた。動く気にもならなかった。眠たくて仕方がなかったもので。『そりゃ、おまえも面白くなかっただろう』唸《うな》るように支配人の叔父殿が言う。すると支配人が、『あの男、自分をあそこに派遣してくれと、直接経営陣に申し入れたんですよ。自分ならこうすると、プランを提示して。それでわたしに訓令がまわってきたわけです。よっぽどの後ろ盾がないと、こうはいきませんよね。ふざけた話じゃありませんか』まさしくふざけた話だ、という点で二人の考えは一致した。それにつづいて、何やら奇怪な言葉がやりとりされた。『雨を降らすも好天を招くも――だれの手も借りずに――取締役会など――鼻づらを引きまわして』――おだやかではない言葉の連続でおれの眠気も吹っ飛んでしまい、頭の働きもほぼ正常にもどったとき、支配人の叔父殿が言うのが聞こえた。『なに、この土地独特の気候が、おまえの抱えている難問を解決してくれるかもしれんさ。で、あの男はあの出張所に一人でいるのか?』『ええ』と支配人は答えた。『彼は河を下る船で助手を送り返してきましてね。そいつに持たせたわたし宛《あて》のメモにはこうありました――〝こんな能なしは国外に放り出してしまえ。こういう手合いは、もう送ってくれなくていい。あんたが調達してのける男を採用するくらいなら、まだしも一人でいるほうがいい〟。これ、いまから一年以上前のことですがね。聞いたこともないでしょう、こんな失敬な話!』『それ以降は何かあったのか?』しゃがれ声で叔父殿が訊《き》くと、支配人は吐き捨てるように言った。『象牙《ぞうげ》を送ってよこしましたよ。大量にね――上物ばかり――どっさりと――小憎らしいことに、あの男から』『で、ほかには?』重々しく喉《のど》を鳴らすような声が訊く。『ええ、請求書も』と、支配人が火を吐くように答える。そして沈黙。二人はクルツのことを話し合っているのだ。

その頃になると、おれはもうすっかり目が覚めていたが、楽な姿勢で横たわって、じっとしていた。姿勢を変えなきゃならない理由もまったくなかった。『で、その象牙はどうやって運ばれてきたんだ?』叔父殿が唸るように訊く。かなりイラついているようだった。支配人の説明では、クルツの下にいた混血のイギリス人の社員がカヌーの船団を仕立てて運んできたのだという。当時、クルツが受け持っていた出張所にはもう商品も物資も欠乏していたので、最初は彼も一緒にもどってくるつもりだったようだ。ところが、五百キロほど河を下ったところで急に気が変わったんだな。クルツ自身は四人の原住民が漕《こ》ぐ小さな丸木舟で自分の出張所に引き返し、象牙はそのまま混血の社員に任せて下流に運ばせたらしい。そんなことをしでかす男に、支配人もその叔父殿も、呆《あき》れ果てているようだった。何が動機でそんな挙に出たのか、見当もつかないせいだろう。おれはと言えば、このとき初めてクルツという男の姿が見えた気がした。ちらりとだが、はっきりと。丸木舟、四人の蛮人の漕ぎ手、そして、突如として本社の経営陣に反旗を翻《ひるがえ》した一人の白人。彼はこのとき、解任される危険にも、帰郷する可能性にも、背を向けたのだろう。そして、大密林の奥深くへ、人っ子一人いない荒廃した奥地出張所のほうへ顔を向けた。動機は、おれにはわからない。もしかすると、彼はただの見上げた仕事の虫にすぎないのかもしれない。この間《かん》、彼の実名はただの一度も二人の口にのぼらなかった。彼は終始〝あの男〟だった。象牙を託された混血のイギリス人のほうは、困難な河下りを大胆且《か》つ慎重にやりとげたらしいのだが、二人のあいだでは一貫して〝あのろくでなし〟だった。その〝ろくでなし〟は、〝あの男〟が重病を患《わずら》っていて、まだ完治してはいないと報告したらしい……おれの下で語り合っている二人はそこで何歩か遠ざかり、すこし離れたところで行きつ戻りつしはじめた。言葉の切れ端が耳に入った。『軍の駐屯地*――医者――三百二十キロ――いまはたった一人で――遅れは必至――九か月――音信も途絶えて――奇怪な噂《うわさ》』二人はまた近づいてきた。支配人がしゃべっていた。『わたしの知る限り、そんなことをするやつは渡り歩きの交易商以外に考えられません――ひどい輩《やから》ですよ、実際、原住民から象牙を巻きあげるなんぞ』こんどはだれを俎上《そじょう》にあげているのだろう？　二人のやりとりから、そいつはクルツの支配地区にいる男で、支配人はそいつの手口を敵視しているのだと察しがついた。『ああいう手合いの一人でもいいから見せしめに吊《つ》るし首にしてやらんことには、不当な競争がいつまでもつづくと思うんです』すると、叔父殿が唸るように応じた。『そのとおり。そんな手合いは吊るし首にしてしまえ！　それに限る。この国じゃ、何をやろうと、どんな手段に訴えようと、お咎《とが》めなしなんだから。間違いない。それにだな、この国じゃ、おまえの地位を脅《おびや》かす者などいやせんよ。なぜか？　おまえはこの国独特の気候に耐えられるからだ――その点でおまえを凌駕《りょうが》できる者などいるはずがない。危険な芽はむしろヨーロッパの本社にある。しかし、それとて、おれが出発する前に摘み取っておいたからな』そこで二人は遠ざかり、交わす声も低くなった。が、しばらくしてまた高くなった。『このところの異常なほどの遅滞は、わたしのせいじゃない。わたしは最善を尽くしたんですから』すると肥満体の叔父殿が溜息《ためいき》まじりに言う。『情けない話だ、まったく』支配人がつづけた。『それにあの男の、いかがわしい、愚劣な説教口。あいつがここにいたときは本当にうんざりでしたよ、こんなことを言ってのけるんですから――〝各出張所はより良き世界へ向かう道標であるべきだ。交易の中心であることは当然として、同時に、人間性の向上と教化を目指す拠点でなければならない〟。言いも言ったりでしょう――あの阿呆《あほう》ときたらまったく！　それでもって支配人になりたがってるんですからね！　なんともはや――』憤慨のあまり喉もつまった様子なので、おれはちょっと顔をあげてみた。驚いたことに、二人はすぐそば、おれの真下にきていた。唾《つば》を吐けば、二人の帽子にあたるくらい間近に。両者とも、地面を見下ろして考え込んでいる様子だった。支配人は細い木の枝で脚をぴしぴし叩《たた》いている。知恵者の叔父殿が顔をあげて訊いた。『おまえは、この地に赴任して以来、病気ひとつしてないんだろう？』支配人はびくっとして答えた。『だれがです？　わたしがですか？　そりゃもう！　健康なことは摩訶《まか》不思議なくらいです。ところが他の連中ときたら――驚いたのなんのって！　だれもかも病気にかかってしまいます。しかも、あっさりと死んでしまう。故国《くに》に送り返す暇もないくらいで――まさかと思うでしょうがね！』すると叔父殿が唸るように言う。『ふむ。なるほど。であるならばな、おまえはこれを頼りにすればいいんだ――そうとも、これを頼りに』見ると、彼はアザラシの胸びれのような短い腕をのばして、密林と入江と泥濘《でいねい》と大河を抱え込むような仕草をしてみせた――その姿は夕日を浴びた大地を前に、身勝手きわまる手振りで、姿を見せぬ死に対して、隠れた悪や底知れぬ奥地の闇《やみ》に対して、身の程知らずの要請をしているように見えた。驚き入った振舞いに、おれはがばっと跳ね起きて森の端をかえりみた。いまの不逞《ふてい》きわまる信頼の表明に対して、何らかの応答があるかもしれない、とでも思ったんだな、そのとき。人間ってやつは、ときどき愚かしいことを考えるものでね。静まり返った高い樹林は、不気味なくらい忍耐強くあの二人と対峙《たいじ》して、人間たちの途方もない侵入がすぎ去るのを黙然と待っていたよ。

二人ははっきり声に出して――きっと、理屈抜きの恐怖に駆られたんだろう――悪態をついた。それから、おれがいることなど気づかない素振りで、出張所に引き返していった。太陽は低く傾いていた。二人並んで前のめりになり、滑稽《こっけい》なほど長さのちがう影を引きずって苦しげに坂をのぼってゆく。ゆっくりと背後に従う不揃《ふぞろ》いな影は、丈の高い草の葉の一枚もなびかせることはなかった。

その数日後、〈黄金郷探検遠征隊〉は辛抱強く待ちかまえる大密林に分け入っていった。潜り手を抱き込む海のように、大密林は遠征隊をしっかと包み込んだ。それからかなりたって、隊が連れていったロバが全滅したという知らせが届いた。ロバほどの価値もない動物たち*がたどった運命については、何も知らない。おれたち同様、連中はおのれにふさわしい運命をたどったのにきまっている。その件について、おれは特に問い合わせたりはしなかった。その頃になると、もうすぐクルツに会えるかもしれないと、そっちのほうに気をとられていたからだ。〝もうすぐ〟という言葉、おれは相対的な意味で使っているんで、実際、あれからようやく修理を終えた蒸気船であの入り江を離れ、クルツの出張所のある河岸にたどり着くまでには、きっかり二か月かかったのだった。

あの河をさかのぼるのは、植物が野放図に繁茂し、巨木が王者さながらに君臨していた太古の世界を旅するようなものだった。空漠とした流れ、大いなる静寂、踏み込めそうにない森林。大気は生暖かく、どんよりと澱《よど》んでいた。きらめく陽光を浴びても、気持ちは浮き立たない。寂然として果てしなく延びる長い水路は、はるか彼方《かなた》の陰鬱《いんうつ》な暗がりに呑《の》み込まれている。銀色に輝く砂州では、カバとワニが並んで日向《ひなた》ぼっこをしていた。しだいに幅を広げてゆく河は、樹木の繁茂するいくつもの島の狭間《はざま》を通り抜けて流れてゆく。あの河では、砂漠で道に迷うように迷ってしまう。ここぞと思う水路を求めて、何度も浅瀬に船底をぶつけているうちに、自分が何かの魔法にかかって、勝手知るすべてから切り離され——どこか——遠くの——異次元の世界にさまよいこんだような気がしてくる。人間だれしも、自分のことにかまけていられないときに過去の記憶が甦《よみがえ》ることがあるものだが、おれの場合それは、ざわざわと落ち着かない夢の形をとって訪れた。その夢は、生い茂る樹木と水路と静寂の織りなす奇妙な世界の圧倒的な現実感の中で、驚きと共に訪れる。一見静穏なようでいて、真の安らぎとは似ても似つかない。それはある執念深い力が、こちらにはわかり得ない意図を反芻《はんすう》している静穏さにすぎず、実は復讐《ふくしゅう》欲のみなぎる顔でじっとこちらを見つめているのだ。しかし、しばらくたつと、おれはそれに慣れてしまい、そんな夢も見なくなった。それどころではなかったからだ。どの水路に舵《かじ》をとるべきか、船長として絶えず目を凝らしていなければならなかったのだから。たいていの場合は直感で、隠れた浅瀬のしるしを見抜いた。水底の大石にも目を光らせた。いまいましい古い沈み木をほんのまぐれでよけることができたときなど、歯をぐっと食いしばって、心臓が口から飛び出すのを防ぐこともできるようにもなった。沈み木にぶち当たったりすれば、あのオンボロ蒸気船の底にはひとたまりもなく亀裂《きれつ》が生じて、乗り込んでいた社員たちは一人残らず溺《おぼ》れ死んでいただろう。岸辺に目を配って、枯れ木がありそうな場所も探さなければならない。夜のうちに枯れ木を伐採して、翌日の釜焚《かまた》きに使うためだ。その手の仕事、ごく表面的な雑用に気をとられていると、過酷な現実が――いいかい、過酷な現実が、だよ――意識から薄れてしまう。内なる真実が隠されてしまうんだ――幸いにもね、そう、幸いにも。でも、おれはそれを感じてはいた。ああ、あの神秘的な静けさが、おれの猿芝居めいた仕事ぶりをじっと見守っているのを何度も感じたものさ。きみらがめいめい綱渡りめいた仕事をしているときだって、そいつはちゃんと見守っているんだぜ――きみらが一度とんぼ返りをすると、報酬はどれくらいだったかな、半クラウンってところか――」

「おい、真面目《まじめ》にやれよ、マーロウ」唸るような声がしたので、居眠りもせずに聴いている者が、私以外にすくなくとも一人いることがわかった。

「すまん、すまん」マーロウは謝ってからつづけた。「気苦労があるだけ報酬も上乗せされるんだったな。しかし、芸達者な人間には報酬の多寡《たか》など問題じゃあるまい？きみらはみんな芸の達人なんだし。おれもその点、うまくやってのけたんだ。初めて操船したあの蒸気船を、なんとか沈没させずに進ませたんだから。自分でも驚いているんだがね。だって、目隠しをされた人間が悪路に馬車を走らせる場面を想像してみてくれよ。さすがのおれも、ビクつきながら冷や汗のかき通しで、なんとかあの船をまともに航行させることができたんだが。だいたいが、船乗りにとって、うまく航行させて当然の船の底をこすってしまうなんぞは、許されざる罪なんだ。だれも知っちゃいないだろうが、船底がガツンと何かに当たったときの感触はとても忘れられるもんじゃない。それこそ心臓にガツンと一発食らったようなもので。忘れようにも忘れられず、夢に見たりして、それから何年たっても夜中に目覚めて考え込んだりするんだから。体がカッと熱くほてって、冷や汗をかいたりする始末さ。あの蒸気船が終始何事もなく航行しつづけたなんて言うつもりはない。背後から押してもらったことも、一度ならずあった。二十人ほどの人食い人種の男たちが、ばしゃばしゃ水飛沫をあげながら押してくれたんだ。河を上る途中、そういう男たちを乗組員として雇ってあったのさ。いい連中だったな——人食い人種ではあったが——まあ、彼らなりにね。仕事仲間としては頼れる連中で、おれは感謝している。おれの目の前で互いに食い合ったりしたこともないし。連中、カバの肉を食料として携帯していたんだが、これが腐りはじめてね。大密林の神秘の臭《にお》いが鼻にまとわりつくんだから。ふう！　いまも鼻先で臭うくらいだよ。ところで、船には支配人と、杖《つえ》を持った社員も三、四人乗っていた――白人は全員、勢ぞろいってわけだ。ときどき船は、河岸の未知の世界の裾《すそ》にしがみついている出張所のそばを通りすぎた。すると、つぶれかけた小屋から白人たちが飛び出してきて、身振り手振りで喜びと驚きと歓迎の意を表わす。その様子がどこか異様で、その連中、何か魔法にかけられて、そこで囚《とら》われの身になっているような印象を受けた。しばらくは〝象牙〟という言葉が宙に飛び交った。それからまた、おれたちは静寂の中に入り込んでいった。さびれた水路を進み、ひっそりとしたカーヴを曲がり、高い樹林の壁に挟まれてくねる流れをたどってゆく。その間も、船尾の外輪は重々しいリズムで水を掻《か》きながら虚《うつ》ろな音を響かせている。樹木、樹木、何百万本もの樹木が両岸に密集して、高々と聳《そび》えている。そしてその足元を、埃《ほこり》まみれの小さな蒸気船が、流れに逆らって、岸辺沿いに這《は》うように進んでいくんだ――壮麗な回廊の床をのそのそと進む甲虫《こうちゅう》さながらに。それを操っている自分が、いかにも卑小で、よるべない存在に思われてくる。といって、それで気分がふさぐことはまずなかったな。というのも、自分が埃まみれの小さな甲虫なら、のそのそと這い進めるだけで十分なんだから。乗り込んでいた社員の連中が、緩慢に這い進むこの船の行く先をどう思っていたのか、それは知らない。何か貴重な物資でも入手できる場所とでも思っていたんだろうさ！　だが、おれ自身は、クルツのいる方に向かって——ただひたすらそこに向かって——這い進んでいるのだと思っていた。ところが、そうこうしているうちに蒸気管から蒸気が漏れだして、這い進む速度は一段と遅くなった。水路はおれたちの前で開き、背後で閉じる。まるで密林がのっそりと水上にせりだしてきて、おれたちの帰路を断とうとしているかのように。おれたちはさらに深く、一段と深く、闇の奥に入っていった。ひどく静かだった。夜になると、樹木のカーテンの背後から太鼓の響きが水上を渡ってきた。その響きは空が白々《しらじら》と明け初めるまで、ごく微《かす》かに、おれたちの頭上高く留まっているかのように聞こえていた。戦いの先触れか、平和の先触れか、それとも何かにひたすら祈っているのか、見当もつかない。夜が明ける前に、静かな寒気が降りてきた。陸にあがって薪を採っていた連中はまだ眠っていて、焚かれていた火も燃え尽きようとしている。小枝がピシッと折られる音にもハッとする、そんな静けさだった。おれたちは有史以前の地球、未知の惑星の表面もかくやと思われる大地を彷徨《ほうこう》していたんだ。そして、呪《のろ》われた財宝をだれよりも先んじて獲得しようとしているくせに、そのために強いられる多大な苦悩と労苦を思って逡巡《しゅんじゅん》している——そんなふうに見立てることも可能だったかもしれない。ところが、またも現れた河の湾曲部を曲がろうと苦闘していると、突然、降って湧《わ》いたように異変が生じるのだ——垂たげに垂れさがって動かない枝葉の陰に、イグサの壁やとがった草ぶきの屋根がちらっと見えたかと思うと、突然、わっと喚声があがって、黒い手足がめまぐるしく動くのが見える。多数の手が打ち鳴らされ、足が地面を踏み鳴らし、肉体が揺れ、目玉がひんむかれてぎょろっと動く。そんな中、おれの蒸気船はわけのわからない黒い熱狂のわきを、青息吐息でのろのろと通りすぎてゆく。その先史時代の人間の集団はおれたちを呪っていたのか、おれたちに祈っていたのか、はたまた、おれたちを歓迎していたのか——わかるはずもない。おれたちは周囲の状況を把握できなくなっていた。ただ幻影のように彼らのわきを通りすぎながら、驚異の念に打たれて、ひそかな戦慄《せんりつ》を覚えていた。おそらく、精神病院で突然起きた騒ぎを正気の人間がまのあたりにしたら、そんな心理状態に陥るんじゃないか。おれたちはあまりにも遠くまできてしまったが故《ゆえ》に、また、ほとんど何の痕跡《こんせき》も、記憶の手がかりも、一切残さずに消え失《う》せた始原の世界の夜を遡《そ》航《こう》していたが故に、何が起きているのか理解できなかったのだ。

大地は見慣れた大地にはほど遠かった。おれたちは、征服されて囚われの身になった怪物ならば、見慣れている。だが、あそこでは――あそこでは、怪物的なものが自由気ままに振舞っているんだ。それをまのあたりにすることができた。大地は見慣れた大地ではなく、そこで暮らす人間は――まあ、人間らしくないわけではなかった。そこなんだ、そこが始末におえない点だった――あの連中も、人間でなくはないと思える点がね。それがしだいにわかってくる。彼らは吠《ほ》え、飛び跳ね、くるくるまわり、恐ろしい面相をしてみせる。だが、慄然とするのは、そんな彼らもおれたちと同じ人間なんだという考えが浮かぶときでね――そうなんだ、自分もまた、この荒々しい狂騒とどこかでつながっていると感じるときさ。実におぞましい。ああ、なんともおぞましい話だ。しかし、男らしく真実と向き合える人間ならば、自分のなかにも、あの狂騒の恐るべき率直さに呼応するものが微かに残っていることを認めるだろうよ。そう、始原の夜からかくも離れた自分にも、理解できるものがある。その事実には、なにがしかの真実性があるのではないか。そういう微かな疑念にもとらわれるはずだ。それも当然だと思うんだな。人間の精神に不可能なことはない――なぜなら、そこにはすべてのものが、あらゆる未来同様あらゆる過去が、包摂されているのだから。あの狂騒のなかには何があったのか？　歓喜、恐怖、悲哀、献身、剛勇、憤怒《ふんぬ》――はっきりとはわからないが――真実――時間という覆《おお》いを剝《は》ぎとられた真実があったことは確かだ。愚かなやつは仰天して震えていればいい——だが、れっきとした男なら、真実に気づき、瞬き一つせずにそれを直視できるはずだ。けれども、そのためには、すくなくとも岸辺の連中と同等の男でなければならない。そして自分自身の資質、生まれつき備わった力で、その真実と渉《わた》り合わなければならない。主義主張は必要ないかって？　主義主張など何の役にも立つものか。およそ後天的に身につけたもの、服やきれいな端切《はぎ》れなどは、体を揺さぶられただけで吹っ飛んでしまう。そうなんだ、必要なのは熟慮の末に身についた信念さ。あの悪魔じみた狂騒に、おれ自身は心を揺さぶられたかって？　じゃあ話そうか。おれにはちゃんとした耳があって、何でもよく聞こえる。それは認めるが、おれは同時に声も持っている。良かれ悪《あ》しかれ、おれがしゃべろうとするのを黙らせることはだれにもできない。もちろん、ただ怖がったり、良い子ぶったりするだけの愚か者は、いつだって安全だがね。だれだい、そこでぶつくさ言ってるのは？　おれは岸にあがって、彼らのように喚声を上げたり踊ったりしなかったのかって？　それはない、そんなことはしなかったよ。良い子ぶって、そうしなかったんだろうって？　良い子ぶるなんて、冗談じゃない。あのときのおれには、そんな暇などなかったんだ。なにせ蒸気管の洩れた個所を白鉛のパテや毛布の切れ端でふさぐのに大わらわだったんだから。それに舵取りにも目を配り、沈み木も巧みによけて、何がなんでもあのオンボロ船を前進させなければならなかった。こういう作業に全力の集中を強いられたら、もっと目端のきく人間だって時間など忘れてしまうものさ。そしてその合間には、釜焚き役の蛮人の面倒も見なくちゃならない。そいつはいわゆる教化された黒人の見本で、直立ボイラーの焚き方を心得ていた。おれの立ち位置のすぐ下で働いているんだが、そいつを見ていると、半ズボンをはいて羽飾り付きの帽子をかぶった犬がチンチンをしている曲芸を見ているようで、感心させられたよ。たかだか数か月の訓練でそこまでになったんだから立派なものさ。で、目をぐっと細めて、それこそ蛮勇を奮い起こして蒸気計や水面計を睨《にら》んでいるんだからね――しかも、やっこさん、歯は鋭くとがらせて、頭の縮れ毛を妙な形に剃《そ》り込んでいるばかりか、どっちの頬にも三本の飾り模様の傷痕《きずあと》を意図的につけているんだ。それこそ河岸で足を踏み鳴らし、両手を叩いている側にいてもおかしくない。それが、おれの船上で一心不乱に働いているんだからね。白人並みに向上するための知識を頭に詰め込んで、彼にしてみれば不可解な魔術のようなものの虜《とりこ》になってさ。彼が役立ったのは白人たちに教化されたからで、目下の仕事を彼なりにこう理解していたんだろう――あの透明な管の中の水が消えてなくなったら、釜の中の悪霊《あくりょう》が喉の渇きに耐えかねて怒り狂い、恐ろしい報復を仕掛けてくるんだ、と。それでやっこさん、汗みどろになって釜を焚き、ガラス管をこわごわと見守っていたわけさ（ボロ切れで作った即席のお守りを腕にくくりつけ、懐中時計並みの大きさの、よくみがいた骨片を下唇にはめこんだ姿で）。こういう間にも樹木の繁茂した岸はゆっくりと背後に流れ、あの喧噪《けんそう》も置き去りにされて、いつ果てるともない静寂がどこまでもつづいてゆく――こうしておれたちはクルツの方に向かって這うように進んでいった。けれども沈み木はそこかしこにあり、河は敵意に満ちて浅く、釜の中には本当に怒りっぽい悪霊がいるかのようだった。だから釜焚きもおれも、頭の中でうごめく不快な思いを覗《のぞ》き込んでいる暇などなかったのだ。

奥地出張所の手前八十キロの地点で、葦葺《あしぶ》きの小屋が岸辺に現れた。そばには傾いた竿《さお》が一本、侘《わび》しげに立っていた。元は何かの旗だったのか、正体不明のボロ切れのようなものが垂れ下がっている。きちんと積まれた薪の山もあった。まったく予想外の発見だった。上陸してみると、薪の山の上に板が一枚置かれており、もう薄れてはいたが鉛筆で何か書かれていた。どうにか読みとれたのはこういう文句だった――〝この薪は自由に使ってくれ。急いでほしい。近づくときは慎重に〟。署名がしてあるのだが、判読できない――クルツではなかった――もっと長ったらしい名前だ。急いでほしい、って、どこに？　上流にか？　〝近づくときは慎重に〟。おれたちはそうしなかったが、近づく場所とはここを指しているわけじゃあるまい。これを読むときは、もうここにきてしまっているわけだから。どうやらもっと上流で不測の事態が起きているらしい。それはいったいどういう事態で——どの程度切迫しているのか？　それが問題だった。この、電文のような文章の愚劣さを、みんなでこき下ろした。周囲の密林は黙りこくったままで、はるか彼方を遠望させてもくれない。小屋の入り口には、切り裂けた赤い綾織《あやおり》のカーテンが垂れさがり、おれたちの前で淋《さび》しげに揺れている。家財道具はなくなっていたが、つい最近まで白人がここで暮らしていたらしいことは見てとれた。残っていたのは、二本の支柱に板を渡しただけの粗末なテーブルと、暗い片隅に積まれたごみの山くらいのもの。おれは戸口のそばで一冊の本を拾いあげた。表紙は欠けており、ページは何度もめくられたせいだろう、かなり汚れてぺなぺなになっている。だが、背表紙は白い木綿の糸で丹念に縫い直されていて、まだ汚れてはいない。これはまったく予想外の発見だった。タイトルは『操船術要覧』。筆者はタウザーだかタウスンだかいう名前のイギリス海軍の士官だった。数々の図表や見るからにうんざりする数表入りの、いかにも退屈そうな書物。おまけに六十年前の刊行ときている。このたいした骨董《こっとう》品がばらばらになってしまわないよう、おれはごく丁寧に手にとった。なかを開くと、タウスン氏だかタウザー氏だかは、船の鎖や滑車の破断限界その他について大真面目に論じている。血湧き肉躍るような読み物ではない。だが、一見してわかるのは、主題を一つに絞ったいさぎよさと、物事を正しく進めようという真っ正直な配慮だった。そのことが、もうずいぶん昔に書かれた控えめなページに、専門的な博識の光彩以上の輝きを添えていた。質朴な老船乗りが鎖や滑車について語っているのを読むと、つかの間でも密林やあの社員どものことを忘れることができて、まぎれもない本物に出会えた喜びにひたれた。こういう本が存在するだけでも素晴らしいのだが、もっと驚くべきは、ページの余白に鉛筆で書き込まれた、明らかに本文と照応しているメモの数々だった。自分の目が信じられなかったな！　それはなんと暗号で書かれていたんだから！　ああ、実際、暗号のように見えたんだ。ちょっと想像してみてくれ、こんな奥地にあんな内容の本を持ち込み、それを学ぶばかりか、書き込みまで、それも暗号の書き込みまで、していた男がいるなんて！　なんとも恐れ入った謎《なぞ》じゃないか。

しばらく前から騒々しい音がしていて、それには気づいていたのだが、目をあげると薪の山が消えていた。そして河の岸辺のほうから、支配人が社員たちと一緒におれに向かって何か叫んでいる。おれはその本をポケットにすべり込ませた。はっきり言って、そこで読むのを中断するのは、古い堅固な友情の砦《とりで》から無理やり引き離されるようなものだったな。

おれは気息奄々《きそくえんえん》のエンジンをまた始動させた。『不届きな交易商が、無断であそこに入り込んだんだろう』いま後にしたばかりの場所を憎々しげに振り返って、支配人が叫ぶ。『きっとイギリス人だな』と、おれが言ってやると、『だからって、油断すれば、必ずトラブルに巻き込まれるさ』支配人が陰鬱な口調でつぶやく。でも、だれだっていつかはこの世の面倒ごとに巻き込まれるからね、と何食わぬ顔でおれは言ってやった。

俄然《がぜん》、流れが速くなった。船はいまにもご臨終を迎えそうで、外輪が力なく水を掻いている。気がつけばおれは、水掻き板《フロート》が次に水を打つ音が聞こえるだろうかと、耳をすましていた。正直な話、このオンボロ船はもういつ音を上げてもおかしくなかった。生命の最後のほのめきを見ているようなものだ。それでもおれたちはなんとか進んでいた。ときどきおれは、クルツのほうにすこしでも近づいている目安代わりに、やや前方の木に目を留めるのだが、そのあたりに達する頃には決まって見失っていた。どだい、一つのものにずっと目を凝らしつづけるなんぞ、人間の力では無理なのだ。その点、支配人は見上げた諦観《ていかん》ぶりを見せていた。おれはやきもきしながら、クルツとは公然と話し合ったものかどうか、自問しはじめていた。けれども、何らかの結論に至る前にこういう考えが浮かんだ――おれが話そうと沈黙を守ろうと、実際、おれがどんな行動に出ようと、それが何の役に立つんだ、と。だれが何を知ろうと知るまいと、それがどうした？　支配人がだれであろうと、それがどうだというんだ？　人はときとして、こんな洞察のひらめきに襲われることがある。そうなのだ、この問題の本質は表面のはるか下、おれなどの手が届かない、とても介入できないところにひそんでいるのだ。

二日目の夕方近くになって、おれたちはクルツの出張所まで十三キロほどの地点まで達したと判断した。おれはそのまま先に進みたかった。が、支配人は深刻な顔で、このまま進むのは危険だ、もう陽もかなり傾いているから明日の朝まで待ったほうがいい、と言う。それに加えて彼はこうも指摘した――〝近づくときは慎重に〟というあの警告に従うなら、出張所に近づくのは夕刻や夜ではなく、昼間にしたほうがいい、と。これは見上げた判断だった。十三キロほどの距離だと、この船では三時間近くかかる。それに、行く手の水路には急流と見まがう白波が立っている。それでもおれは、到着が遅れることに言いようのない苛立《いらだ》ちを覚えた。それは理屈に合わないことでもあった。そもそも、そこまでくるのに何か月も要しているわけで、たった一晩の遅れなど何でもないはずなのだから。薪の備えは十分だし、用心が肝心なので、おれは船を中流にもっていって錨《いかり》を下ろした。水路は狭く、まっすぐ伸びていて、鉄道の切り通しのように両岸が高い崖《がけ》になっている。日が沈むかなり前から夕闇がすべりこんできた。流れはなめらかで速いのだが、両岸は何の動きもなく静まり返っている。蔓草《つるくさ》でつなぎ合わされた樹木から、縦横にのびている下生えの茂み、ごく細い小枝や軽い葉っぱに至るまで、石と化しているかのようだった。眠っているのともちがう。入神状態《トランス》に入っているかのように不自然な静けさだった。ごく微かな音もいっさい聞こえない。こちらはただ呆然《ぼうぜん》として、耳が聞こえなくなったのではと思いはじめる――そのうち突然夜が訪れ、何も見えなくなる。午前三時ごろだっただろうか、何か大きな魚が水上に跳ね、盛大な水飛沫の音がして、銃撃でもされたのかと飛び起きたりした。日が昇ると、生温かくてじめついた白い霧がたちこめており、前夜以上に視界が妨げられた。霧は漂いもせず、流れもしない。何かしら厚みがあるもののように、周囲一帯にわだかまっている。そのうち、八時か九時頃だったろうか、その霧も鎧戸《よろいど》が上がるように薄れはじめた。そそり立つ無数の樹木や、木々のもつれ合った広大な密林の片鱗《へんりん》が姿を現し、その上に灼熱《しゃくねつ》の小さな球体のような太陽が浮かんでいる――そのすべてが微動だにしない――と思うと、白い鎧戸がまたしても、油をさした溝をすべるようになめらかに降りてきた。おれは、たぐり込まれていた錨鎖《びょうさ》をまたくり出すよう命じた。その鎖が、ガタンとくぐもった音を立てて止まる直前、果てしない孤独を嘆くような大きな叫び声が、乳白色の大気の中にゆっくりと響きわたって、止んだ。おれたちの耳には、何者かをなじるような響きが野蛮な不協和音となって残った。思いもかけない展開に、船長帽の下の髪がぞわっとした。他の連中がどういう衝撃を受けたかはわからない。だが、おれには、周囲にたちこめた霧自体が、突然、あらゆる方角から同時に悲鳴をあげて、あの狂おしくも陰鬱などよめきとなったように思われた。それはほとんど耐えがたいまでに大きな叫喚となって息詰まるような頂点に達し、そこではたと止んだのだ。そのときおれたちは各自てんでに間の抜けた姿勢のまま固まってしまい、悲鳴に劣らずおぞましく底知れない静寂に、憑かれたように聴き入ったのだった。『な、なんだ！　なんだ、いまのは――？』おれのすぐそばで、社員の一人がつっかえつっかえ言った。砂色の髪に赤い頬ひげの小太りの男で、側面に弾性のゴムの入ったブーツをはき、ピンク色のパジャマズボンの裾《すそ》を靴下につっこんでいる。他に二人、まるまる一分間あんぐりと口をあけていた社員がいたが、揃《そろ》って狭い船室に飛び込んだかと思うと、またあたふたと飛び出してきた。ウィンチェスター銃をかまえて、おずおずと対岸のあたりに目を走らせている。そのときおれたちに見えたのは、いまにも輪郭が溶けてしまいそうにぼやけたこの船と、それを囲む幅六十センチほどのぼんやりとした水面だけだった。それを除く世界は、おれたちがどう耳や目をはたらかせても、存在しなかった。どこにも存在していなかった。どこかにいってしまった。消えてしまったのだ。ささやき一つ、影ひとつ残さずに、なくなってしまった。

おれは船首のほうにいって、たるみがないくらいに錨鎖を引き揚げておけ、と命じた。いざとなったらすぐに錨をあげて、船を出せるように。『やつら、襲ってくるかな？』怯《おび》えた声がささやく。『この霧じゃ、おれたち、皆殺しになっちまうさ』別の男がつぶやいた。どの顔も緊張で引き攣《つ》り、手は小刻みに震え、目は瞬《また》くのを忘れている。乗組員中の白人グループと黒人グループの表情の対比は、なかなか見ものだった。黒人たちの故郷はそこから千三百キロほどしか離れていないのだが、河のその区域がまったく未知の領域であるという点では白人と変わらなかった。白人たちは当然惑乱していたのに加えて、あの、そら恐ろしい叫びに仰天したあまり、浮かない表情をしていた。黒人たちのほうは、警戒しながらも、ごく自然な興味が湧いたような表情をしていた。その顔つきはごく平静で、錨鎖を引きあげながらニヤついている者まで一人、二人いた。何人かは唸るように短い言葉を交わしていたが、それで懸念《けねん》材料も払拭《ふっしょく》されたようだった。彼らの頭領格は胸幅の広い若者で、濃紺の縁飾りのある衣を胴体にゆるく巻きつけていた。鼻腔《びこう》が逞《たくま》しくひらいており、油をつけた髪は巧みに巻き毛にしてあった。そばに立ったその男に、おれは仕事仲間の礼儀としてうなずきながら、『よお！』と声をかけた。すると男は血走った眼を大きく見ひらいて、『やつらをつかまえてくれ』と、とがった歯をひらめかせて言う。『つかまえて、おれたちにくれ』おれは訊き返した。『おまえさんたちに？　それで、どうするんだい？』するとと男はそっけなく言った。『食うんだ』それっきり手すりに片肘《かたひじ》をついてもたれかかると、何やら深遠な物思いにふけるような、威厳のある物腰で霧の中を眺め入った。そうか、この男たち、相当に腹をすかしているんだな、とそのとき納得しなかったら、おれだって、やっぱり、ぞっとしていただろうと思う。でも、すくなくともこのひと月あまり、この連中の空腹の度合いが増す一方だったのは間違いない。雇われてから早や六か月（連中の中に、はっきりした時間感覚を持っているやつが一人でもいたとは思えないがね。おれたちの場合は、幾星霜《いくせいそう》を経て、それを獲得するに至ったんだが。連中はいまも、時間の始まったばかりの時代を生きている――時間の観念を教えられるという体験を、遺産として持っていないんだろうよ）。もちろん、この遡航《そこう》の開始時に茶番めいた法律だか何だかに即して書かれた一枚の契約書がある限り、連中がどうやって食っていくのか、わざわざ思いわずらうやつなど一人もいなかった。たしかに連中は腐りかけたカバの肉を持参してきてはいた。とはいえ、それとて長くはもたなかっただろう――あるとき社員たちがその相当量を、連中が狼狽《ろうばい》するのもかまわず、河に投棄してしまったという事実がなかったとしてもね。一方的に投棄してしまうなんぞは、いかにも横暴な行為みたいだが、実際には、それは正当な自衛行為でもあったんだ。なんてったって、寝ても覚めても、飯を食っていても、腐ったカバの肉の臭《にお》いをかがされたんじゃ、危険な命の綱渡りなんぞできやしないんだから。それと、黒人たちには毎週、長さ二十三センチほどの針金三本が渡されていた。河沿いの村にいけば、通貨代わりのその針金で望み通りの食糧を買えるはずだったんだ。が、そんな手が目論見《もくろみ》どおり通じるかどうか、きみらにもわかるだろうが。村落などめったにないし、あっても村民たちが敵意を持っているかもしれない。それに連中の頭《かしら》は、おれたち同様缶詰を食べていて、ときどきヤギの古い肉をせしめたりもしているもんだから、わけのわからない理由をこねあげて船を止めさせようとはしないんだよ。そんなわけで、あの連中にとっては、針金そのものを食らうか、それで釣り針をこしらえて魚を釣ったりしない限り、その途方もない給料だってどれほどの役に立つことか。それやたしかに、針金という給料は、立派な大商社の名に恥じない律義《りちぎ》さできちんきちんと渡されてはいたがね。他に連中が用意していた食い物と言えば――食べられそうにはとても見えなかったが——半焼けの冷たいパンのような塊がいくつかあるだけだった。薄汚れた藤色の塊が葉っぱにくるんであって、それを連中はときどき呑み込むんだが、本当にごく少量だから、まったく形だけの食事で、とても体を保《も》たせる足しにはならなかっただろう。だから、いまにして思えば、飢えという悪魔にあれほど苦しめられた彼らが、なぜおれたちを襲って——あっちは三十人、こっちは五人だ——腹をくちくしなかったのか、不思議でならないんだ。なにしろ屈強な大男どもなんだから。行為の後先を推し量る分別には欠けていたけれども、度胸もあればまだ体力もある。さすがに肌の艶《つや》はなくなって、筋力も衰えていたとはいえ、ね。そこでおれは思ったんだが、ある種の自制心のようなもの、まさかと思うような、秘められた人間性の一端が、そこに現れていたのではないか、と。おれは俄然興味をかきたてられて連中を眺めた——おれもすぐに食われてしまうだろうと思ったせいではなく、白状するとそのとき気づいたんだが——いわば新しい光の下で眺めると——社員のやつらがいかにも栄養が悪そうに見えて、だったらおれは——なんというか——あの社員たちほどまずそうに見えてなけりゃいいがなと、これは本心からそう熱望したんだ。まあ、呆《あき》れ果てた虚栄心だよ。でも、それはあの頃のおれがずっと浸っていた夢見心地なればこそ生れた妄念だったんだろうな。熱もすこしあったんだろう。といって、年がら年中、脈を計ってもいられないし。あの頃、〝微熱〟だのなんだのはしょっちゅうだった――人間を敵視する大密林の魔の、ちょっとした手慰みというところか。やがてくり出す大々的な攻撃の前の、小手調べだったのかもしれない。そこでさ。おれは黒人たちを、ふつうの人間を眺めるような目で眺めてみた。飢えというぎりぎりの肉体的欲求の試練に直面したとき、この連中はどんな衝動に駆られ、どんな動機を抱き、どんな能力を発揮し、どんな弱さを見せるのだろうかと、それが知りたくなったんだ。でも、自制心となると！　いったい何がそういう気持ちを起こさせるんだ？　迷信か、嫌悪《けんお》か、我慢か、恐怖心か――それとも、何らかの原始的な名誉心か？　といって、どんな恐怖心だって飢えには勝てなかろうし、そもそも飢えのあるところに恐怖心など生じるはずもない。迷信にしたって、信念にしたって、いわゆる主義主張にしたって、そんなものは風に吹かれる籾殻《もみがら》ほどの重みもないさ。きみらは長引く飢えのもたらす凶悪な力、拷問《ごうもん》のような苦しみ、暗鬱な思い、身に沁《し》みてこたえる残虐《ざんぎゃく》さを知ってるか？　おれは知ってるんだ。持って生まれた力を総動員しなければ、ひどい飢えを相手に、互角には闘えやしない。こういう、どこまでつづくかわからない飢えよりは、愛する者との死別や、不名誉や、魂が地獄に落とされる苦しみのほうが、まだしも耐えやすいな。悲しいけれども本当の話さ。それに、あの黒人たちの場合は、良心の呵責《かしゃく》を覚える理由などまったくなかったはずなんだから。自制心ねえ！　あのときの彼らに自制心を期待するのは、死体がいくつも転がっている戦場をうろつくハイエナにそれを期待するようなものだっただろう。ところが、おれの前には厳然たる事実があった――つまり、彼らがおれたちを食べようとしない事実。それこそ海の深みの泡のように、不可知な謎のさざ波のように、輝かしい事実。考えてみるとそれは、あの白い、何も見えない霧の奥で、おれたちが通り越した野蛮な狂騒にこもっていた、奇妙にも説明しがたい絶望的な悲哀よりも、はるかに大きな神秘だったと言えるのではないか。

さっきの叫びがどっちの岸で聞こえたのか、二人の社員が息を殺して言い合っていた。『左だよ』『いや、ちがう。そんなこともわからないのか？　右だったら。絶対に右さ』すると、背後で支配人の声がした。『こいつは参った。事態は深刻だな。われわれが到着する前にクルツ君の身に何かがあったら、大ごとだぞ』おれはじろりと支配人の顔を見た。彼が本心からそう言っているのは間違いない。彼は自分の体面を保つことが第一と心得ている男だ。それが彼にとっての自制心なのだろう。しかし、つづいて彼が、すぐ出発しないと、という趣旨のことをつぶやくに及んで、おれはまともな返事すらしなかった。そんなのは不可能だということは、おれもわかっていたし、支配人も承知していたはずなのだ。仮にもいま、錨をあげたりしたら、おれたちは宙に、虚空《こくう》に、漂いだすにきまっている。そうなったらこの船がいったいどこに向かうのか、上流か下流か、それとも流れを横断することになるのか。それもわからないいま右岸か左岸かにたどり着いて、そのときですらそこがどっち側なのか判断できまい。もちろん、おれは動かなかった。どこかに激突するなどまっぴらご免だった。あんなところで難破したりしたら、目も当てられない。あっという間に溺れ死ぬか、でなくとも、何らかの形で早晩くたばってしまうにきまっている。しばらく沈黙してから支配人が言った。『きみはどんな危険を冒してもかまわんからな』おれは即座に答えたね。『いや、どんな危険も冒したくないね』その答えは支配人も予期していただろうが、おれの口調には驚いたかもしれない。『まあ、きみの判断には従わなきゃならんだろうね。船長はきみなんだから』やけに丁重な口調だった。おれは感謝のしるしにそっちを振り返ってから、また濃い霧を見透かすように前方に目を凝らした。こんな状態がいつまでつづくのか？　この危機を脱する見込みはほとんどない。このろくでもない密林で象牙の獲得に狂奔しているクルツ。そんなクルツに近づくのは、お伽《とぎ》の国の城で魔法にかけられたまま眠るお姫さまに近づくのと変わらないくらい危険な所業だったのだ。『どうかな、あいつら、襲ってくるだろうか？』支配人がひっそりと問いかけてきた。

おれはいくつかの明白な理由で、襲撃はないと見ていた。一つには、この濃い霧がある。仮に彼らがカヌーで乗り出そうものなら、おれたちがこの場を脱しようとした場合同様、この霧にまかれてしまうだろう。それと、両岸の叢林《そうりん》は、奥のほうから岸辺まで進出するのが不可能なくらい密に相違ないとおれは踏んでいた——そこにはいくつもの目、おれたちを見張る目、がひそんでいるにしても。ただ、岸辺近くの茂みが密にせよ、下生えは明らかに人が通り抜けられるくらいまばらだという事実もある。もっとも、霧の短い晴れ間に確かめた限り、近くには——すくなくともこの船の近くには——カヌーは一艘《そう》も浮かんではいなかった。では、襲撃はないとおれが判断した最大の理由は何だったかといえば、先ほどの狂騒、おれたちが耳にしたあの叫びの声音《こわね》だった。そこには差し迫った敵対行為を匂《にお》わせる獰猛《どうもう》な響きはなかった。おれたちにとっては、意表を衝《つ》く、荒々しい、激情にふるえる声だったのは確かだが、おれはそこに抗《あらが》いがたい悲哀の響きを感じとってもいたんだ。この船を瞥見《べっけん》したとき、あの蛮人たちの胸は抑えがたい哀《かな》しみに満たされたのだろう。もし危険があるとすれば——と、おれは支配人に説明した——それは彼らが、人間ならではの突発的な悲憤に流されたときではないか。たしかに、哀しみもきわまれば暴力の発露につながるかもしれないが、それよりはむしろ、無気力状態をもたらすのでは……。

おれのほうを見る社員どもの顔つきといったらなかったな！　連中にはニヤついたり、おれに毒づいたりする度胸はなかった。でも、このおれのことを——おそらくは恐怖心から——正気を失ったんじゃないか、とは思っていたに相違ない。そこでおれはいつも通り、船長としての訓話を垂れてやった。なあみんな、ここでやきもきしたって糞《くそ》の役にも立たんぞ、と。監視はつづけたのか、って？　そりゃ、ご想像のとおり、猫が鼠《ねずみ》を見張るように、霧がいつ晴れてきやしないかと、目を光らせつづけたよ。でも、そういう場合のおれたちの目は、全身が綿の山の奥深くに埋められたかのように、何の役にも立ちはしない。体感的にもそうだった——息づまるように蒸し暑く、いまにも窒息しそうだった。それに、そのときおれが言い放ったことは、たとえ大袈《おおげ》裟《さ》に聞こえようと、ずばり要点をついていたんだ。みんなが蛮人どもの攻撃とみたものは、実際は彼らなりの反発的な衝動の現われだった。攻撃的と呼ぶには程遠く、常識的な意味での防衛行為ですらない。切羽詰まったあげくに生まれた行為で、つまるところ、純然たる彼らの自衛行動だったのさ。

転機は、霧が晴れた二時間後にひとりでに訪れたと言っておこう。場所は、クルツの出張所までざっと二キロ半ほどの地点だった。船の外輪でバサバサと水を掻きながら、おれたちが四苦八苦して河の湾曲部を曲がり切ったとき、河の中ほどに小さな島が見えた。鮮やかな緑の草が生い茂る、小高い丘のような島。他にそんな島は視野に入らなかった。が、さらに接近していくと、島と見えたのは長い砂州の突端というか、河の中流にせりだした、鎖状につらなる浅瀬の突端であることがわかってきた。彩《いろど》りはほとんどない。ただ周囲が水に漬かっていて、その突端の部分だけ人間の背中に走る背骨のように浮き出ている。じっくりと眺めたところでは、その浅瀬の右側、左側、どっちも通り抜けられそうだった。もちろん、どちらの水路をとるにせよ初めての体験だ。岸辺の概観は右も左もそっくりで、水深も差がないように見えた。が、クルツの出張所は西岸にあると聞いていたから、当然のことながら、おれは西の水路に向かって舵を切った。

予想外に河幅が狭いのに気づいたのは、その水路にかなり入ったときだった。左手には長い浅瀬がどこまでも途切れずにつづいている。右手は高く険しい土手で、低木が隙間《すきま》なく茂っていた。その低木の上には高い木々が幾重にも並んで聳《そび》え立っている。数知れぬ小枝が河に覆いかぶさり、ところどころで、がっしりとした太い枝が流れの上に張り出していた。午後もすでに半ばをすぎていて、森も薄暗く、幅広い影が早くも河面《かわも》に降りていた。その影の中を、ご想像どおり、おれたちはごくゆっくりとさかのぼっていった。おれは船をかなり岸辺に近寄せた——測深棒で読む限り、水深が最大なのは岸辺の近くだったからだ。

腹をすかした、自制心のあるわが友人たちの一人が、おれのすぐ真下の船首で水深を計っていた。この船は、言ってみれば、上甲板を備えた二階建ての平底船*のようなものだ。上甲板には、ドアと窓を備えた、チーク材造りの小さな小屋掛けが二つ。ボイラーは船首に、機械装置は船尾に。その全体を、支柱で支えられた軽量の屋根が覆っている。煙突がその屋根を突き抜けており、そのすぐ前に軽い板張りの小さな船室がある。そこが操舵室《そうだ》だった。中には長椅子《いす》が一つに、折り畳み式の椅子が二脚。隅のほうに弾丸を装塡《そうてん》ずみのマルティニ・ヘンリー銃*がたてかけてある。それと、肝心かなめの舵輪と小さなテーブルが一つ。前方には大きな扉、両側に幅の広い鎧戸があって、もちろん、そのどれもが常時あけ放たれていた。おれは終日、操舵室の扉の上、屋根の最先端にのってすごしていた。夜は長椅子で眠る、もしくは眠ろうと努めた。操舵手は筋骨たくましい黒人だった。沿岸部のどこかの部族の出で、おれの前任の哀れな船長から操舵法を教え込まれていた。両耳には洒落《しゃれ》たつもりか真鍮《しんちゅう》の耳飾りをぶらさげ、足首まで届く青い腰布を巻きつけている。天上天下自分ほどの男はいないと自惚《うぬぼ》れていた。が、そいつくらい気分屋の愚か者もいなかった。おれがそばにいれば威張りくさって舵をとる。が、一人きりになると、とたんに怖気《おじけ》づいて、このオンボロ蒸気船に他愛もなく引きずりまわされてしまうのだ。

おれは測深棒を見下ろしていた。水中に押し込まれるたびに水上に露出する部分が長くなる。心配になって見ていると、突然、測深係の男が作業を止《や》めて、甲板に突っ伏した。それっきり棒を引き上げようともしない。ただ、棒を握ってはいるので、棒は水中を引きずられてくる。そのとき、おれの下の甲板にいたボイラー係も、急に釜の前にしゃがんで首をすくめた。なんだ、どうしたんだ、いったい。前方の河面に目を走らせた。沈み木が見えたからだ。すると棒が、無数の細い棒が、宙を舞っていた。おれの鼻先をヒュンとかすめ、下に落ち、背後の操舵室にぶち当たる。その間、河も、岸辺も、密林も、ごく静かだった――静まり返っていた。耳に入るのは、外輪がバサバサと回転する音と、細い棒がヒュンと飛びすさる音くらいのもの。船はなんとか沈み木をかわすことができた。そのとき、気がついた。飛来しているのは――矢じゃないか！　弓矢の襲撃にさらされているんだ、おれたちは！　岸側の鎧戸を閉めないと。とっさに操舵室に飛び込んだ。あの阿呆《あほう》な操舵手は、手綱を引き絞られた馬のように、舵輪を握ったまま膝《ひざ》を高く上げて足を踏み鳴らし、歯ぎしりしている。まったく、あの阿呆ときたら！　船は岸から三メートルと離れていないところをよろ這い進んでいる。おれは重い鎧戸を閉めようと、右にぐいっと寄った。すると対岸の、おれと同じ高さの葉むらに、人間の顔が見えた。獰猛な目つきで、じっとこっちを睨んでいる。そしてその瞬間、目隠しが外されたように鮮明に見えたのだ、もつれ合った枝葉の暗がりの奥深くに覗く、裸の胸や、腕や、脚や、ぎらつく目が——密林は赤銅色《しゃくどういろ》に輝く人間の手足で溢《あふ》れかえっていた。枝が揺れ、震え、ざわめき、その中から矢が飛来する。鎧戸がどうにか閉まった。『舵をまっすぐにとれ』おれは操舵手に命じた。やつは首が硬直したように前を向いていた。が、目はきょろきょろと落ち着きなく、小さく足踏みをつづけながら、口からすこし泡を噴いていた。『どうした、しっかりしろ！』おれはつい怒鳴りつけてしまったが、これは風に吹かれている木に向かって、揺れるな、と命じるようなものだっただろう。おれは外に飛び出した。下の鉄甲板ではどたばたと足音が入り乱れ、慌《あわ》てふためいた叫び声が入り乱れていた。だれかがわめいた。『ここから引き返せないのか？』そのとき、前方の河面にV字型のさざ波が立つのが見えた。何だ、あれは？ また沈み木だぞ！ 下の甲板で一斉射撃の銃声が鳴り響いた。社員たちがウィンチェスター銃の火蓋《ひぶた》を切り、鉛の弾丸を密林に撃ち込んだのだ。硝煙が湧き起こって、ゆったりと前方に流れてゆく。それに向かって、おれは毒づいた。その煙のおかげで、さざ波も沈み木も見えなくなってしまったからだ。

戸口に立って前方に目を走らせていると、また無数の矢が飛んでくる。鏃《やじり》には毒が塗ってあるのかもしれない。が、見た感じでは猫を殺せるほどの威力もあるかどうか。密林が咆哮《ほうこう》しはじめた。味方の黒人たちが鬨《とき》の声をあげる。背後で耳を聾《ろう》するようなライフルの銃声が轟《とどろ》いた。振り返ると、操舵室にはまだ銃声の余韻が消えやらず、硝煙がたちこめている。おれはもどって、舵輪に飛びついた。操舵手の阿呆は舵輪を放り出して鎧戸をひらき、マルティニ・ヘンリー銃をぶっ放したのだ。いまはそいつ、大きくあけ放たれた窓の前に立って、岸のほうを睨んでいる。持ち場にもどれ、とおれは叫び、急に曲がった船の進路を元にもどした。いまさら引き返そうにも、船を旋回させる余地はない。沈み木は憎たらしい硝煙でぼやけているが、すぐ前方にまで迫っているのは間違いない。ぐずぐずしている暇はなかった。おれはぐいと舵輪をまわして、船を岸のほうに、モロに岸に衝突する方角に、向けた。そこはかなりの水深があるはずだった。

船はせり出した茂みをゆっくりとかき分け、バリバリと折れる小枝やちぎれた葉が舞う中を前進した。下の甲板からの一斉射撃が不意にやんだ。弾倉が空になれば斉射もやむだろうと予想していたとおりだった。そのとき、ぎらっと光るものが部屋の中空を横切り、おれは反射的にのけぞった。それは片方の窓から飛来して、反対側の窓に抜けた。頭に血がのぼった操舵手は、弾丸の切れたライフルを振りまわしながら対岸に向かって何かわめいている。その姿から対岸に目を移すと、動きまわっている人影がうっすらと見えた。腰を低くかがめては飛び跳ね、すべるように移動し、一瞬明《めい》瞭《りょう》に見えたかと思うと繁《しげ》みに隠れて視界から消える。鎧戸の前の宙を、何か長いものが突っ切ってきた。操舵手の手からライフルが飛んで、河に落ちた。と思う間もなく操舵手が後ずさり、首をよじって、奇妙に思いつめたような、得心したような表情でおれを見たと思うと、どたんとおれの足元に崩れ落ちた。その際、側頭部が舵輪にぶつかって跳ね返り、再度舵輪にぶつかってから倒れたのだが、そのとき長い杖《つえ》のような物の先端が小さな椅子に当たった。椅子がひっくり返った。どうやら操舵手は岸にいた男の手からその長い物を奪いとったようだ。そのはずみでバランスを失ったのだ。薄い煙はもう風に吹き払われていて、沈み木もクリアできた。前方を見ると、あと百メートルも進めば岸から安全に退避できそうなことがわかった。それにしても、足元が妙に生温かく、べとついている。おれは足元を見下ろした。操舵手のやつが仰向けになっていて、おれを見上げていた。両手があの杖のようなものをつかんでいる。それは槍《やり》の柄だった。窓の外から投げつけられたか、じかに突っ込まれたかしたのだろう。それが肋骨《ろっこつ》の真下の脇腹《わきばら》に突き刺さったのだ。槍の穂先は、ひどい裂傷を残して、体の奥深くに沈み込んでいる。おれの靴までが血でいっぱいだった。舵輪の下に滞った血だまりは暗赤色に光り、操舵手の目は異様にキラキラと輝いていた。またしても一斉射撃の銃声が轟いた。操舵手は不安そうにおれを見上げて、何か貴重品でも守ろうとするかのように、おれに取り上げられまいとするかのように、槍をしっかと握りしめている。おれはぐいっと彼の目から視線をそらして、操船に神経を集中した。片手を頭上にあげて汽笛のひもをさぐった。一度、二度と引っ張ると、耳をつんざくような警笛が鳴り渡った。とたんに憤怒と闘いに逸《はや》りたつ喚声のどよめきが止み、代わって森の奥から恐怖と絶望の恨めしそうな怨嗟《えんさ》の声が長々と流れた。それはあたかも、地上の最後の希望が潰《つい》え去るときに湧き上がる絶唱のようにも聞こえた。森の奥で大きな動揺が広がった。矢の襲来が止み、鋭い銃声が散発的に鳴り響く——そして、静寂が訪れた。その中で、外輪がけだるそうに水を掻く音だけがはっきりと聞こえる。

おれは舵輪を大きく右にまわした。と、そのとき、ピンク色のパジャマ姿の社員が息せき切って戸口に現れた。『支配人からの伝言だぞ——』もったいぶった口調で言いかけて、ハッと息を吞《の》んだ。『な、なんてこった！』叫ぶなり、目をひんむいて瀕死の操舵手を見つめる。

おれたち二人の白人は、操舵手を見下ろして立っていた。ぎらっと光る物問いたげな目が、おれたちを見上げていた。これは断言してもいいんだが、操舵手はそのとき、いまにもおれたちにわかる言葉で何か問いかけようとしているように見えた。が、それっきり彼は息絶えてしまった——呻《うめ》き声ひとつ洩《も》らさず、手足も動かさず、筋肉をヒクつかせることもなしに。ただ、最後の瞬間、おれたちには見えない何かの徴《しるし》、おれたちには聞こえない何かのささやきに応《こた》えようとするかのように、ひどく顔をしかめた。そしてそれが、あの男の黒い死に顔に、異様に厳粛で、瞑想《めいそう》的で、威圧的な表情を添えたんだ。物問いたげに光る目もたちまち生気を失って、ガラスのように虚《うつ》ろな目に変わった。『あんた、舵とりはできるか？』おれは強い口調で棒立ちの社員に訊《き》いた。相手は心細げな顔をする。だが、おれがその腕をぎゅっとつかむと、何がなんでもやらせるぞ、というこちらの肚《はら》が読みとれたらしい。実をいうと、おれはそのとき無性に靴と靴下を替えたくて仕方がなかったのだ。『こいつ、死んだな』えらく感心したような顔で社員がつぶやく。『ああ、間違いない』おれは必死に靴ひもをほどこうとしていた。『このぶんじゃ、クルツ氏だって、もう生きちゃいまい』
目下のところ、おれの頭を占めていたのはそのことだった。胸には言いようのない落胆が広がっていた。自分は何か実体のないものを追い求めていたような気がしてね。クルツ氏との面談だけを目的に、はるばるこんなところまできていたのだったら、こんなに情けない話はない。クルツと語る……片方の靴を河に放り投げて、そうだったんだ、と思った。おれが楽しみにしていたのは、まさにそれだったのではないのか——クルツと語り合うこと。おれは不思議な事実に気づいた。おれはそれまで、彼が何かをしているところを思い描いたことは一度もなかった。思い描いたのは、何かを語っている彼の姿に限られていた。だから、〝おれはもう彼には会えないのかもしれない〟とか、〝もう彼とは握手できないのかもしれない〟などと考えたことはなく、〝もう彼の語る声は聞けないのかもしれない〟というふうに考えてきた。おれにとって、クルツとは一つの声だったのである。といって、もちろん、彼を何らかの行動と結びつけることがなかったわけではない。他の社員が束になってもかなわないほど大量の象牙《ぞうげ》を彼が収集し、交換し、騙《だま》し取り、盗んだという話を、嫉妬《しっと》と讃嘆《さんたん》まじりの声で聞かされたことが何度あったことか。けれども、問題はそこではない。肝心なのは、クルツが才能豊かな人物であり、中でも飛びぬけていた才能、掛け値なしに本物と思われた才能とは、語る能力、であり、言葉遣いの妙、だったということ。そう、胸中の思いを自在に表現し、人を幻惑し、啓蒙《けいもう》する、桁外《けたはず》れに熱狂的で、しかも卑《いや》しむべき能力、それは拍動する光の流れ、不可侵の闇《やみ》の奥から流れ出る欺瞞《ぎまん》に満ちた言葉の数々とも言えただろう。

もう片方の靴も、魔神の支配するあの河に飛んでいった。なんてこった！ すべては終わってしまったんだ、とおれは思った。おれたちは遅れをとってしまった。彼はもういない――たぐい稀《まれ》な才能は消えてなくなったのだ、槍や矢や棍棒《こんぼう》の暴威によって。クルツの語る声を、おれは結局聞けずに終わるのかもしれない――そう思うと、自分でも呆れるほど無念さがあふれ出てきて、その切実さたるや、あの密林で蛮人たちが放った叫喚にこもる悲哀にも匹敵するほどだった。たとえ信念を失い、生涯を左右する運命の道しるべを見失ったとしても、これほどの淋しさを感じることはなかっただろう……そこのだれか、どうしてそんな獣じみた溜息《ためいき》をつくんだ？ なに、馬鹿《ばか》げてるって？ そりゃたしかに馬鹿げているさ。やれやれだな！ そもそも、人間ってやつは――なあ、だれかタバコをくれないか」……

深い静寂の間をおいて、マッチが燃えた。マーロウの痩《や》せた顔が浮かび上がった――やつれたように殺《そ》げた頰。口元にかけて走る皺《しわ》、伏せた目蓋。何かひたすら考えを凝らしている顔。パイプを勢いよく吸うと、火皿の火が燃え上がっては薄れて、夜の闇に顔がせりだしてはしりぞくように見える。マッチが燃え尽きた。

「そりゃ、馬鹿げているだろうよ！」マーロウは叫んだ。「ここがいちばん説明しづらい点でね……きみらはみんな、二つの錨を備えた船のように、勤務先と自宅という二つの住所に繋《つな》がれている。それでなくとも、角を曲がれば肉屋があり、別の角を曲がれば警官が見張ってくれている。食欲は旺盛だし、体温も異常なし――そうだろう――年がら年中ごくごくまっとうなんだ。そんなに恵まれたきみらが、馬鹿げている、とおっしゃる！　馬鹿げている、か――まあ、何とでも言うがいいさ！　馬鹿げている、か！　だいたいだな、極度の緊張のあまり、まだ古びてもいない靴を河に放り投げてしまうような男から、どんな話が聞けると思っているんだ。いま思うと、あのときのおれが泣きださなかっただけでも賞賛に値するね。全体として見れば、あんな難局によく耐えたと、自分を褒めてやりたいくらいさ。正直なところ、おれは異能の男クルツからじかに話を聞くという、無二の特権を逃してしまったかと思って、泣きたいくらいだったんだ。もちろん、それはおれの早合点だったんだがね。無二の特権はおれを待っていてくれたんだから。そうとも、結果的には、おれはあの男の話をたっぷり聞くことができたんだ。おれの直感も間違ってはいなかった。一つの声。クルツは間違いなく一つの声だった。そしてその声を、おれはしっかと聞いたんだよ――彼の声――あの声――この声――他の声も――すべては実際、声でしかなかった――そもそも、あの旅の記憶自体が、いまでは茫洋《ぼうよう》としてつかみどころのない声として、おれの周囲に漂っている――愚かしくも狂暴で、下劣で、野蛮で、卑劣そのもの、およそまっとうな神経の感じられない底なしの繰り言の、いまにも消え失《う》せそうな余韻として。声、声、あの若い女の声にしたって、いまは――」

マーロウは長いこと沈黙した。

それから唐突に、言葉を継いだ。「おれは異才クルツの亡霊を、最後には一つの嘘《うそ》で慰撫《いぶ》したんだ。女だって！　え？　おれはいま、女と言ったかい？　ああ、あの女は埒外《らちがい》だ――完全に埒外だ――あの連中は――ご婦人方のことだが――概して埒外にいる――また、そうであってしかるべきなんだ。おれたちは、ご婦人方がご婦人方だけの麗《うるわ》しい世界に留まれるよう手助けしなきゃならん。さもないと、おれたち男の世界は情けないざまになる一方だからな。そうとも、あの女は埒外のままでよかったんだ。そう、墓から甦《よみがえ》ったようなクルツが、〝おれの婚約者〟と言う声を、きみらに聞いてもらえればよかったんだが。それを聞けば、彼女が完全に埒外の存在であることが、きみらにもじかに感じとれただろう。クルツの、あの高貴な額の骨！　頭髪は死後も伸びることがあるというけれども、あの――あの大将は、見事なまでの禿《は》げ頭だった。大密林の魔が彼の頭をひと撫《な》ですると、あーら不思議、それはたちまち玉と、象牙の球と化したんだ。大密林の魔が彼の体を愛撫すると――こはいかに！――体はたちまち萎《しぼ》んでしまった。大密林の魔は彼を虜《とりこ》にし、愛し、抱擁し、その血管に入り込み、肉を食らい、何か想像を絶する悪魔的な参加儀礼によって彼の魂を己《おの》が魂に封じ込めてしまった。彼は大密林の魔に甘やかされた寵児《ちょうじ》になったのさ。それで象牙をあれほど大量に集められたのかって？　だろうな。なんてったって数えきれないほどの象牙、山ほどの象牙だから。泥土づくりの小屋は象牙ではち切れそうになっていた。この国のどこを探そうと、地上にも地下にも、もはや一本の象牙も残ってはいまいと思われるくらいだった。支配人はけなしていわく、『大部分は化石さ』しかしね、あれが化石なら、このおれだって化石だよ。でも連中は、地中から掘り出されたものはみんな化石と呼んでいた。あの辺の黒人たちは、たしかに象牙を地中に埋めることがあったらしい。ただし、充分に地中深く埋めることができなかったものだから、異才クルツも大密林の魔の虜になる運命から逃れられなかったのだろうさ。後日、おれたちは象牙を船に満載した。甲板にまで積み上げなきゃならなかったくらいだ。その結果クルツは、まだ目が見えているあいだ、存分にそれを眺めて楽しむことができた。その恩恵を、最後の瞬間までありがたがっていたね。クルツが『おれの象牙』と口走る声を、きみらにも聞かせてやりたかったよ。ああ、おれはたしかに聞いたんだ。『おれの婚約者、おれの象牙、おれの出張所、おれの河、おれの――』この世のすべては彼のものなんだ。それを聞いた大密林が、天空の星まで揺るがすほど高笑いするんじゃないかと、おれは息をひそめて待ちかまえたくらいさ。一切合切が彼のもの――だが、それはたいしたことじゃない。肝心なのは、ではそのクルツ自身、だれの虜になっていたのか、いかに多くの闇の力が彼を虜にしていたのか、という点でね。それを考えると、いまも全身におぞけが走るくらいだ。その答えを見きわめようとしても無理だし、どだい、何の役にも立ちはしない。クルツはあの土地の悪魔どもの上に君臨していた――これは文字通りの意味で言ってるんだが。きみらにはわかるまい。だって、そうだろう？――足下は固い舗道で、周囲にはいつでもきみらを励ましたりいさめたりしてくれる親切な友人たちがいて、肉屋と警官のあいだを慎重に歩き、醜聞と絞首台《こうしゅだい》と精神病院を恐れながら脇目もふらずに生きている、そんなきみらにわかるはずはないよな。警官の目も光っていない完《まった》き孤独、世間様の考えをこっそり教えてくれるご親切な隣人の声も聞こえない完き静寂、そんな中を勝手気儘《きまま》に歩く人間が、原始の世界のどんな異郷にたどり着いてしまうものか、きみらにわかるはずもない。警官とか良き隣人とか、そうした連中とのささやかな付き合いは意外に大きな結果を生むものでね。そういう手助けがないとなれば、あとは生来の自分の力や真摯《しんし》に事に当たる能力に頼るほかない。もちろん、道を間違えたこともわからないような馬鹿もこの世には存在するだろうし、闇の力に攻撃されていることにも気づかない鈍感な人間もいるだろう。が、いくら馬鹿でも、悪魔に魂を売り払うほどの馬鹿はいなかろう。馬鹿が馬鹿すぎるのか、悪魔が悪魔的すぎるのか——どちらなのかはわからないが。あるいはとてつもなく高潔な人間がいて、天上の光景しか目に入らず、天上の声しか耳に入らない、ということもあるのかもしれない。そういう人間にとってはこの地上も、ただそこに立っているだけの場所であるにすぎない——それが損か得か、ここで断じるつもりはないがね。しかし、たいていの人間は、そうした両極端に分かれるものではない。おれたちにとって、この地上とは生きていくための場所であって、いやな光景にも、いやな音にも、場合によってはいやな臭いにも我慢しなくちゃならんのさ！——言ってみれば、死んだカバの臭いをかぎながらも、その毒気にあてられないように努めること。そこなんだよ、わかるかな、きみの実力がものを言うのは。自分ならカバの腐肉を埋める目立たない穴を掘ることができるという自信——それも、自分のためではなく、人目に立たない骨折り仕事のために献身できる能力、とでもいうかね。これは別に言い訳ではないし、きみらへの説明ですらもない。ただクルツ、あのクルツの亡霊のことで、自分を納得させようとしているにすぎないんだ。秘儀参入を果たしたクルツは、原始の奥地から現れた後、この世から完全に姿を消すのに先立って、おれにとってはなんとも光栄なことに、驚くべき体験談を明かしてくれた。この生霊《いきりょう》が英語で話すことができたればこそだった。もともとクルツは、教育の一部をイギリスで受けていた――だから、自分でも正直に明かしていたとおり、心の向かう先も間違いなく定まっていた――母の片親はイギリス人で、父の片親はフランス人。つまり全ヨーロッパが肩入れしてクルツという人物ができあがっていたんだ。これは後日知ったんだが、あの〈蛮習廃止国際協会〉は、将来の活動の手引きにするため、報告書の作成をクルツに委託していた。これはまず最適な人選と言えただろう。そしてクルツはその報告書を書きあげているんだ。おれは現物を見たし、読んでもいる。なんとも雄弁な報告書で、弾《はじ》けるような説得力に満ちていたけれども、すこし調子が高すぎるような気もした。十七ページに及ぶ、あれほどに密度の濃い文章を書く暇が、よくぞあったもんだ！　しかし、あれを書いたのは――何というか――彼が神経を病んで人間が変わり、口にするのもおぞましい饗宴《きょうえん》に終わる深夜の踊りを催すようになる前のことだったんだな。その踊りが捧《ささ》げられる相手というのは、おれがいろんな機会に聞いた目撃談から敢《あ》えて推量するに――いいかね――彼、つまりクルツ自身だったのさ。が、ともかく、その報告書が見事な文章で綴《つづ》られていたことは間違いない。しかし、冒頭の一節は、後で得た情報に照らして、不吉なものを孕《はら》んでいたような気がしてならない。彼はのっけからこう主張しているんだよ――われわれ白人は、すでに文明の高度な発展段階に達しているので、〃彼ら（蛮人）の目には超自然的な存在として映るにちがいない――だからわれわれは神の力を備えた者として彼らに接するのだ〃うんぬん。〃われわれの意思をただ実行に移すだけで、われわれはほとんど無限の善行を施すことができる〃等々。そこから彼の論調は高々と天翔《あまが》けて、読んでいるおれまで一緒に連れていかれた。その論調は、記憶に留めにくいうらみはあるにせよ、気宇壮大でね、崇高な慈愛によって統治される広大無辺の異郷という見取り図を示しているんだ。おれは興奮のあまり背筋がぞくっとしたくらいさ。それこそは言葉による、そう、燃えるように高貴な言葉による、限りない雄弁の力だった。その魔術的な言葉の流れを阻《はば》む現実的な付言のようなものがあったとしたら、最終ページの下段に記された脚注にも似たフレーズだっただろう。それはかなりの時間をおいてから、乱れた筆跡により、殴り書きのように書かれた一文で、ある方策の説示と見なせないこともなかった。それはごく簡潔な文章だった。一連の愛他的な情念に訴える感動的な文章の末尾に置かれていただけに、それは晴れた空に一瞬ひらめく稲妻のように、まばゆくも怖《おそ》ろしい光を放って訴えかけてきた――いわく、〃蛮人どもは皆殺しにしてしまえ！〃*。興味深いのは、この重要な後記のことをクルツはその後きれいに忘れ去ってしまったらしい点だ。というのも、その後ある程度自分をとりもどしたとき、クルツは何度も、〝おれの小論文〟（と彼は呼んだ）をよろしく頼む〟とおれに懇願していたからだ。将来、あれはきっと自分の経歴の評価に益するにちがいないから、と。その辺の事情はおれも十分つかんでいたし、後でわかることだが、彼に関する人々の記憶を生かすも殺すも、おれ次第だったのさ。この件に関してはおれも十分な働きをしたから、おれの匙《さじ》加減一つで、彼の記憶を文明の進歩の屑箱《くずばこ》の中に、すべての掃きだめの屑と一緒くたにしても、いってみれば、文明開化が残した無用の長物のすべてと一緒に永久に封じ込めたとしても、だれにも指弾される筋合いはなかった。しかしね、おれにはやっぱりそれはできない。クルツが忘れ去られることはないだろう。なんといっても、彼は月並みな凡人ではなかった。蛮人たちをたぶらかしたり、脅したりして、自分を讃美する魔界の踊りをさせることもできた。社員たちの卑小な心をやり場のない不安で満たすこともできた。彼にはすくなくとも一人、献身的な友人がいたし、野蛮でもなければ利己心にまみれてもいない一人の男を征服してもいた。そうとも、彼を忘れ去ることなどおれにはできたもんじゃない。ただし、クルツを目指す遡《そ》航《こう》の途中で失われた一つの命、あの命に見合う価値まで彼にはあったかと言えば、そうとまでは言い切れないのだが。おれは、亡《な》き操舵手を心から悼《いた》んでいた――彼の遺体がまだ操舵室に横たわっているときからそうだった。サハラ砂漠の砂の一粒にも等しい蛮人の死をそこまで悼むのはおかしいじゃないか、ときみらは思うかもしれない。でも、わかるだろう、あの男はおれのために何かをしてくれたんだ。そう、何よりもまず、あのボロ船の舵《かじ》をとってくれた。何か月というもの、あの男はおれの背後で働いてくれた。かけがえのない助手として——手下として。互いに協力し合う者同士の絆《きずな》と言ってもいい。あいつはおれのために舵をとる。おれはあいつの面倒を見て、至らない点を気遣ってやる。こうして二人のあいだには微妙な絆が生まれていたんだが、おれがそれに気づいたのは、それが突然断ち切られたときだった。致命傷を負ったあいつがおれに向けた深い親愛の眼差《まなざ》しは、いまも記憶に鮮やかだ——まるで死別の瞬間に、お互いが遠い血縁だと確認し合ったかのようだったよ。

馬鹿なやつ！　あの鎧戸《よろいど》をあけなければよかったのに。あの男には我慢が足りなかったんだ、我慢が——それこそ、クルツ同様にな。風が吹けば揺れ動く樹木みたいなものさ。おれは乾いた室内履きを履いて、あの男を操舵室から引きずり出した。その前に脇腹から槍を引き抜いたんだが、さすがにそのときは、白状すると、両目を固くつぶっていたね。ドアの敷居を越えるときは、あいつの踵《かかと》が当たって跳ね上がったな。両肩はおれの胸に押しつけられていた。おれは背後から必死にあいつを抱きかかえていたんだ。それにしても！　あいつの体の重かったこと。こんなに重い人間はこの世に二人といないんじゃないかと思ったくらいだった。そしておれは、躊躇《ちゅうちょ》なく、あいつの死体を河に放り込んでしまった。流れがあいつをひったくった——まるで一束の雑草を呑み込むかのように。死体は二度くるっと回転してから永久に姿を消した。操舵室のそばの日《ひ》覆《おお》いの下には支配人と社員どもがみんな集まって、興奮したカサギの群れよろしく囀《さえず》っていた。さっさと死体を始末したおれのやり口が冷酷だ、とくさす声も聞こえた。しかし、あの死体をあのまま放っておいてどうしたかったのか、おれにはわからない。防腐処置でも施したかったのだろうか。そのとき、下の甲板から別の低い話し声が聞こえてきたんだが、こっちは背筋がぞくりとする内容だった。話し合っているのはわが友、例の、薪の採取担当の黒人たちでね、やっぱり、おれの死体処置法が気に入らんと憤慨していて、そりゃ彼らの望む方法はずっと明快なんだが、だからって認めるわけにはいかない。ああ、認めるなんてとんでもない！　おれはもう肚を決めていたんだ——仮にもおれの亡き操舵手がだれかに食われる運命だとしても、魚以外のやつには絶対食わせない、と。生前のあいつはごく二流の操舵手だったのに、死んだとたん、えらく人気が沸騰してしまい、おれがああでもしなければ、厄介な騒動の種にもなりかねなかった。それに、おれとしては、さっさとこの手で舵輪を握りたかった。さっき頼んだピンクのパジャマ姿の社員ときたら、お粗末きわまる技量の主とわかったので。

　略式の弔いがすむと同時に、おれは舵取りをはじめた。河の中流をキープして、半速で進んだ。周囲で交わされている、おれに関する談義にも耳を傾けた。クルツのことも、奥地の出張所のことも、連中はすでに見切りをつけていた。クルツはもう生きちゃいまい、出張所だって焼き払われてしまったさ――等々。赤毛の社員は、すくなくともクルツの仇《あだ》はとってやったよな、と浮かれていた。『どうだい！　ジャングルにひそんでいたやつら、派手にぶっ殺してやったからな。そうだろう？　どう思う？　え？』あの、血に飢えた、赤毛の小男ときたら、踊り出さんばかりのはしゃぎようなんだ。槍に突き刺された操舵手を見たときは、気絶しそうになったくせに！　おれは言わずにいられなかった。『たしかに、硝煙だけは派手にあがっていたね』密林の木々の、もっぱら梢《こずえ》の部分だけが揺れて吹き飛んでいたことから、この連中の放った弾丸の命中した部位はみな高すぎたことをおれは知っていた。高すぎたのも道理で、弾丸を命中させるには銃床を肩にあてて構えなきゃいけないのに、この連中ときたら銃を腰だめで、しかもおめめをつぶって撃っていたんだから。あの蛮人たちが退却したのはおれが警笛を鳴らしたからだ、とおれは言ってやったが、事実そのとおりだったと思う。ところが、それを聞いた社員のやつらは、クルツのことなどどこへやら、おれを猛烈に罵《ののし》りはじめたもんだ。

するとと支配人が舵輪のそばに立って、ひっそりとささやくのさ——どうだろう、暗くなる前に、どうにかして、できるだけ下流に退避したほうがよくはないかね、と。そのとき、かなり前方の河岸の空き地がおれの目に入った。それと、何かの建物のようなものの輪郭まで見える。『あれは何ですかね？』とおれは訊いた。支配人はびっくりして手を打った。『出張所じゃないか！』*と彼は叫んだ。おれはすぐに、半速のまま、じりじりとそっちの方角に船を寄せていった。

双眼鏡を覗《のぞ》くと、樹《き》がまばらに生えた丘の斜面が見えた。下草はきれいに刈りとられている。頂上には、横に長い朽ちかけた建物が、高い雑草に半ば埋もれて建っていた。とがった屋根に、黒々と大きな穴があいていた。背後には鬱蒼《うっそう》とした密林と樹林が広がっていて、垣根や柵《さく》のようなものは見当たらない。が、以前にはあったらしく、建物の近くに粗削りな細い杭《くい》が五、六本残っていた。それぞれの杭の上端には、丸い木彫りの球の飾りがのっている。杭同士をつないでいたはずの板は、もう跡形もない。もちろん、周囲はぐるりと森に囲まれていた。河岸には何もなかったが、水際《みずぎわ》には白人が一人立っていた。荷車の車輪のような帽子をかぶっていて、こっちだ、こっちだ、と腕を何度も大きく振りまわしている。空地の上流側と下流側にせりだした森に目を凝らすと、何かの動きがはっきり見えた――人影があっちこっちとすべるように動いているのだ。おれは上流のほうに慎重に船を進めておいてエンジンを切り、あとは岸辺のほうに流されるに任せた。さっきの男がまた岸辺から叫びはじめて、早く上陸しろ、とせかす。『襲撃されたんだぞ、わたしらは』支配人が怒鳴ると、男はあっけらかんとした口調で叫び返してきた。『そうでしょう、わかってますって。でも、大丈夫。さあ、早く。大丈夫ですから。よくぞきてくれましたね』

そいつの姿格好を見て、どこかで見た覚えがあるな、と思った――こういう妙な格好をしたやつ、たしかに見たことがある。船をなんとか接岸させようとしながら、おれは考えていた――こいつは何に似てるんだろう？　そして、そうだ、と思い当たった。パントマイムの道化役、ハーレクィンだ。服の生地はたぶん生成《きな》りの麻なのだろう。ところが、全体に、青、赤、黄色と派手な継ぎはぎだらけ――背中、前身ごろ、肘《ひじ》、膝とおかまいなしで、上着の縁も色つきならズボンの裾《すそ》も真紅の縁取りがしてあるという念の入りよう。陽光を浴びてすこぶる派手やかに、と同時に驚くほど小奇麗に見えた。継ぎはぎの仕立て方がそれなりにきまっていたからだ。顎《あご》ひげのない、少年のような顔立ち、美しい金髪。顔の造作に目立つ特色はなく、小さな青い目をしていて、鼻の皮がむけている。あけっぴろげな顔が笑うかと思えばすぐ渋面へと、追いかけっこのように切り替わるところなんぞ、風の吹きすさぶ平原に陽光がさしたり翳《かげ》ったりするのに似ていた。『気をつけて、船長！』彼は叫んだ。『昨夜《ゆうべ》、そのあたりに、木が沈んだので』なんだって！　またしても沈み木か？　白状するが、おれはつい下卑た悪態をついてしまったよ。すんでのところでボロ船の底に穴をあけて、素晴らしい船旅に引導を渡してしまうところだったんだから。河岸のハーレクィンは、上向いた小さな鼻をおれのほうに向けて、にこにこしながら訊いてきた。『あなた、イギリス人ですか？』おれは操舵室から叫んだ。『そっちもかい？』若者の笑みはたちまち消えた。おれを落胆させてすまないというように首を振る。それからまた明るい表情にもどって、『まあ、どうでもいいですよね』と気を取り直すように叫んだ。『間に合ったのかな、おれたち？』おれが訊くと、『あの人なら、あそこにいますよ』丘の上のほうに頭を振り向けて、若者は答えた。それから急に暗い表情に変わった。この男の顔は秋の空もいいところで、晴れたと思えばまた曇ってしまう。

威力十分の銃で武装した社員たちに守られて、支配人が丘の建物のほうに向かった後、ハーレクィン風の若者は船に乗り込んできた。『どうも気に入らんな。あの森には原住民たちがひそんでいるんじゃないのか』おれは言った。若者は熱心な口調で、心配要りませんから、と請け合う。『単純な連中ですからね』と付け加えて、『いやぁ、きてくれて助かりましたよ。大変だったんです、あの連中を遠ざけておくのは』おれは思わず怒鳴りつけた。『でも、いまあんた、心配要らないと言ったじゃないか』すると若者は、『だけど、あの連中、こっちに危害を加えようって気はないようなので』おれがじっと睨《にら》みつけてやると、すぐに訂正した。『その、ざっと見たところはですが』それから一転して陽気な口調で、『それはそうと、この操舵室、もうちょいきれいに掃除してやったほうがいいですね』すぐにつづけて、ボイラーの蒸気はたっぷりためておくといいですよ、何かあったときに汽笛を鳴らせるように、と忠告してくれる。『一度ピーッと鳴らしてやれば、ライフルの一斉射撃より効き目がありますから。とにかく単純な連中なので』と、〝単純〟をくり返す。そんな具合にまくしたてるもんで、こっちの気勢もそがれてしまった。とにかく相手は、長いあいだ話し相手もなく、沈黙を強いられていた憂《う》さ晴らしをしたがっているような風情《ふぜい》だった。本人も笑いにまぎらわせて、そのとおりであることを匂わせた。『じゃあ、クルツさんと話し合ったりはしないのかい？』おれが言うと、『あの人とは、〝話し合う〟んじゃない。〝お話を聴く〟んです』叫ぶように返した言葉には、厳粛な熱気がこもっていた。『でも、いまは――』力なく腕を振る。その顔はたちまち深い失意に沈み込んでしまった。『が、すぐにまた元気をとりもどすと、おれの両手をとってひっきりなしに振りながら、熱にうなされたようにしゃべりつづけた。『船乗りの同志……光栄です……嬉《うれ》しいことに……こんな喜びが……自己紹介を……ロシア人です……主席司祭の息子として……タンボフの政庁……なんですって？　タバコですか！　イギリスのタバコですね！　すこぶるつきのイギリスのタバコだ！　これこそ兄弟愛の発露……吸うかって？　タバコを吸わない船乗りなんて、どこにいるんです？』

パイプをひとふかしすると、若者は落ち着いてきた。彼の経歴がすこしずつわかってきた。寄宿学校を逃げ出し、船乗りになってロシア船に乗り込んだ。そこをまた逃げ出して、イギリス船にしばらく乗り組んだ。いまは主席司祭の父親とも和解している。その点を若者は強調した。『でも、若いうちは見聞を広めないと。経験を積んで知識を蓄え、精神の幅を広げるんです』それを聞いて、『こんな場所でかい！』と冷やかしてやると、『そんなことわかりませんよ！　だって、ぼくはここでクルツさんと出会ったんだから』若者らしい真面目くさった口調で反論する。おれはもう余計な口を挟まないことにした。それでわかったんだが、この若者はこの大陸の沿海地域で営業しているオランダの貿易会社と交渉して、各種の商品の販売を任せてもらったのだった。そして前途に何が待ちかまえているか深く考えもせずに、意気揚々と内陸部に向かった。それ以後二年近く、白人社会のすべてと縁を切って、あの河の流域を歩きまわってきたらしい。『ぼくは見た目ほど若くないんですよ。これでも二十五ですから。最初にファン・スホイテンさんに掛け合ったときは、うるさい、出ていけ、とけんもほろろでした』愉《たの》しくてたまらないように若者は打ち明けた。『でも、ぼくは粘ったんです。口説きに口説いて頼み込んでいたら、ファン・スホイテンさん、とうとう音を上げてしまって、安物の商品をいくらかと銃を二、三挺《ちょう》、渡してくれたんです。もう二度とおまえの顔なんぞ見たくない、という捨て台詞《ぜりふ》と共にね。ファン・スホイテン、気のいいオランダ人だったなあ。一年ほど前、彼には象牙をいくらか送っておきました。ぼくがもどったときに泥棒呼ばわりされないように。うまく届いていればいいんだが。それ以外のことは、どうでもいいんです。そうそう、後からくるあなた方のために、薪を少々積んでおいたんですがね。以前はあそこに住んでいたんだけど。見てくれました？』

おれはタウスンの本を彼に渡した。やっこさん、おれにキスせんばかりの喜びようだったが、どうにか自分を抑えて言った。『この本だけ置いてきちゃったんですね。てっきり、なくしたものと思っていました』うっとりとその本を見つめながら、『一人で動きまわっていると、予期しないことが次々に起こるんですよ。カヌーはときどき転覆するし――原住民が急に怒りだすんで、慌てて逃げださなくちゃならないこともあったし』ページを繰る彼に、おれは訊いた。『その書き込みはロシア語かい?』若者はうなずいた。『暗号か何かだと思ってたよ』おれが言うと、彼はひとしきり笑ってから真顔になった。『いろいろと苦労しましたよ、あの連中を近寄らせまいとして』おれは訊いた。『あんたを殺そうとでもしたのか?』『いえ、とんでもない!』若者は叫んでから、あとの言葉を呑み込んだ。『あいつら、どうしておれたちを襲ったんだろうな?』と、おれがたたみ込んで訊くと、若者はちょっとためらってから気まずそうに答えた。『あの連中は恐れているんですよ、あの人がどこかにいってしまいはしないかと』『へえ、あの連中がねえ?』信じられない思いで、おれは訊いた。若者は謎めかして、したり顔にうなずいた。と思うと、急に声高になって、『はっきり言って、ぼくはあの人によって、ひとまわり大きな人間になれたんです』腕を大きく広げ、小さな青い瞳《ひとみ》を皿のように見開いておれの顔を見つめてきた。

第三章

おれは呆気《あっけ》にとられて若者を見やった。パントマイムの一座から逃げ出してきたようなまだら模様の道化服姿で、驚くべき体験談を熱っぽく語るこの男。こんな人間が存在していること自体が信じられないし、説明のしようもない。頰っぺたをつねりたくなるくらいだ。解明不可能な一個の謎《なぞ》というべきか。どう考えてもわからないのだ、そもそもどうしてこの男は生き延びられたのか、どうしてこんな奥地までたどり着き、そこに留まっていられるのか——いま目の前でふっと消え失《う》せたりもせずに。『ぼくはちょっと奥に分け入り、またちょっと奥に分け入りしているうちに、引き返しようのないところまできてしまったんです』若者は言う。『でも、どうぞご心配なく。時間はたっぷりある。ぼく自身はどうにかやっていけます。それよりクルツさんを早く連れていってください——一刻も早く——お願いです』彼のまだら模様の服も、困窮も、孤独も、無益な放浪の根源的な侘《わび》しさも、すべては青春の魅惑に包まれていた。

何か月――何年か――その日暮らしの毎日を送りながらも、この男、いまはこうして臆《おく》することなく無鉄砲に振舞っている。ただひたすら真っ向微塵《みじん》の大胆さに貫かれた数年を送ったせいだろう、どこから見ても不死身としか映らない。おれはある種の賞賛、というか、羨望《せんぼう》の念を抱きはじめた。青春の衝動が彼を駆り立て、しかも彼を無傷なままに保ってきた。この若者が大密林に求めたのは、そこで呼吸し、すこしでも前進できるだけの空間だった。彼が求めたのはただ生き延びること、そして最大限の危険を冒し、最大限の窮乏に耐えながら前に進むこと、だった。もし純粋そのものの、打算を知らぬ、功名とは無縁の冒険精神に貫かれた人間がこの世に存在するとしたら、この道化服をまとった若者を措《お》いてない。この若者が放つ慎《つつ》ましくも澄明な炎に対し、おれは羨望の念を抱きかけていた。その炎は若者の自意識を完璧《かんぺき》に消し去っていて、こうして話を聞いていても、それほどの体験をしてきたのはまぎれもなく――いま目の前にいる――この男なのだということを忘れてしまうくらいだった。とはいえ、この若者のクルツに対する傾倒ぶりに限っては、おれは羨《うらや》ましいとは思わなかった。その傾倒ぶりは熟考した末に生れたものではない。それは理屈抜きに若者を包み込んだのであって、彼はいわば宿命として情熱的にそれに従ったのだ。この若者がいままでに受け容《い》れたものの中で、それはいちばん危険なことだったのではないかとおれは思う。
二人が出会うのは必然だった——凪《な》ぎのおかげで二隻《せき》の帆船が徐々に接近し、ついには両舷《りょうげん》を接し合うように。クルツは自分の話を聴いてくれる者が欲しかったのだろう。あるとき、森の中で野営した際、二人は夜を徹して語り合ったというのだから。正しくは、クルツの独演会だったのだろうけれども。『ぼくらは森羅万象について語り合ったんですよ』そのときのことを思いだして、若者はうっとりとした顔で言う。『睡眠なんてものがあることも、忘れちゃいましたからね。一晩が一時間にも感じられませんでした。とにかく、あらゆることを語り合ったんです！　あらゆることを！……愛に関してまで』『ほう、愛についてまで、あんたとね！』面白がっておれが言うと、『あなたが思っているようなことじゃありません！』若者は憤慨して叫んだ。『あくまでも、一般的な概念として、です。あの人はぼくの蒙《もう》をひらいてくれたんですよ——いろいろな意味で』
若者は両手を広げてみせる。そのとき、おれたちは下の甲板にいたんだが、例の薪採り組の頭目が近くにいて、重たそうに目蓋《まぶた》をあげると、ギラつく目で若者を見やった。おれは周囲を見まわした。どうしてかわからないんだが、あのときくらい、この大地、この大河、この密林、灼《や》けつくような頭上の蒼穹《そうきゅう》が、実にもって絶望的で、暗《あん》鬱《うつ》で、人知に理解しがたく、人間の弱さに冷淡に思えたことはなかったな。『で、あんたは当然それ以降、彼と行動を共にしたんだろうな？』おれは訊《き》いた。ところが、そうではなかったんだな。二人の付き合いはいろいろな原因で途絶えがちだったらしい。当人が誇らしげに教えてくれたところでは、若者は二度にわたって病気のクルツを看病したという（それを彼は、何か危険なお手柄のように語るんだが）。しかし、だいたいにおいて、クルツは単身で森の奥深く分け入るのが習慣だったようだ。『この出張所にもたびたびやってきましたが、ぼくは彼が姿を現わすまで何日も待たされたもんです』若者は言った。『ああ、でも、待つ甲斐《かい》はありましたよ！――毎回ではなかったけど』『で、何をしてたんだ、彼は？　探検とか何かかい？』おれは訊いた。『ええ、もちろん、そうですとも』クルツは多くの村落に加えて、湖も一つ発見したというのだが、彼がどっちの方角に足をのばしていたのか、正確なところは若者も知らないという。あれこれクルツに問いただすのは危険だったのだろう――だが、クルツの探検行の目的は、だいたいが象牙《ぞうげ》だったそうな。『しかし、その頃にはもう象牙と交換する商品も底をついていたんじゃないのかい』おれは反論した。『いいえ、銃の弾薬ならまだ大量に残っていますよ』若者は答えて目をそらす。『ありていに言えば、あちこちの村を略奪したんだろうが』おれは言った。若者はうなずいた。『それだって、一人でやったんじゃあるまい！』おれが二の矢を放つと、若者はぶつくさと、湖の周辺の村がどうとかと言う。『村人たちをうまいこと手馴《てな》づけて配下にしたんじゃないのか、クルツは？』おれはカマをかけてみた。若者はちょっともじもじして言った。『あの連中、あの人を崇《あが》めたてまつってたんですよ』その口調がどこか変なので、おれはまさぐるように若者の顔を見た。面白いことに、クルツのことになると、若者のなかでは、積極的に話したい気持ちと回避したい気持ちが入り混じるようだった。クルツはこの若者の生活を完全に支配し、その思考を操り、感情を揺さぶっているのだ。『無理もないでしょう？』ぶっきらぼうに若者は言った。『だって、あの人は雷と稲妻*を手に連中のあいだに踏み込んだようなものなんですから――連中、見たこともなかったでしょう、あんなものは――あんな恐ろしいものは。あの人はすさまじい恐怖をまき散らすことができたはずですよ。そもそも並みの人間を計るような物差しで、クルツさんを計ることはできないんです。ええ、ええ、できませんとも、絶対に！　いいですか――たとえばですね――これは言ったってかまわないんだけど――あるとき、あの人はこのぼくまで撃とうとしたんですからね――だからってぼくはあの人を裁こうとは思わないけど』『あんたを撃つ！』おれは叫んだ。『いったいどうして？』『ぼくは象牙をすこし保有していたことがあるんです、近くの村の長《おさ》からもらって。ぼくが撃ち殺した獣を分けてやった礼にね。クルツさんはその象牙を欲しがったんです。さあ、そうなると、いくら理性に訴えたって聞くもんじゃない。その象牙を引き渡してこの土地から立ちのけばよし、さもないと撃ち殺す、というんですから。自分にはそれができるし、そうしたいのだ。この自分がだれかを殺したいと思ったら、だれも阻《はば》むことなんかできやしない。そう言うんです。まったくそのとおりだったから、ぼくはあの人に象牙を渡しました。そんなもの、どうでもよかったから。でも、この土地を離れることはしませんでした。とんでもない。あの人から離れるなんて。もちろん、用心はしましたけどね、しばらくたってまた仲直りするまで。その頃、あの人は二度目の大病をしたんですよ。それが治ると、ぼくはまた距離を置かなきゃならなかったけど、別にどうってことはなかった。あの人はだいたい湖畔の村で暮らしていました。河べりまで降りてきたときは、ぼくと機嫌よく話してくれたこともあれば、ぼくのほうで用心が肝心なときもあったな。あの人の苦悩ぶりは並みじゃなかった。ここでの活動がもういやでたまらないのに、どういうわけか、それを断ち切ることができない。まだ間に合ううちに、ここから出ていったらどうかと、ぼくは折りを見て懇願したこともありました。ぼくも同行しますから、とね。するとあの人は、そうだな、そうしよう、とそのときは言う。でも、だめなんです。相変わらずここに留まって、また象牙狩りに出かけてしまう。そして数週間も姿をくらます。あの原住民たちと交わって、われを忘れてしまう。わかりますか——自分を見失ってしまうんですよ』『そんな馬鹿《ばか》な！　そうなったらもう正常な神経とは言えんじゃないか』おれが言うと、若者は憤慨して反論するんだ。クルツさんが正常な神経じゃないなんて、とんでもない。もし二日前にあなたがあの人と語り合っていたら、そんなことを口にする気にもならなかったでしょう……そうやって話し合う間にも、おれは双眼鏡をとりだして岸辺を眺めていた。空地の上流側と下流側の森を眺め、家の背後の森を眺めた。あの森の中には原住民たちが隠れていて、じっと鳴りをひそめているのだと思うと——それこそ丘の上の陋屋《ろうおく》のように静まり返っているのだと思うと——いい気持がしなかった。この驚くべき物語は、終始明快に語られたというよりも、肩をすくめる仕草に終わる暗い詠嘆や、途中で呑《の》み込まれる語句や、深い吐息がらみの暗示などを通して伝えられたと言ったほうが当たっている。だが、それに照応するような徴《しる》しは、周囲の自然のどこにも見当らなかった。森は仮面のように動かず——監獄の閉ざされた扉のように重々しいばかりで——秘密を内包しながらも、何かを辛抱強く期待して、牢固《ろうこ》たる沈黙を守っているかのようだった。このロシア人の若者の説明によれば、クルツがあの湖水近くに拠《よ》る部族の戦士全員を引き連れて河べりにやってくるようになったのは、ごく最近のことだという。数か月ほど姿を消してから——たぶん、その間に原住民たちから崇拝されるようになったのだろうが——クルツは突然やってきた。あらゆる徴候から推して、河の対岸か下流の地域を略奪する肚だったのだろう。象牙に対する熾烈《しれつ》な欲望が——何というか——そこまで物質的ではない願望を圧倒してしまったのは間違いない。ところが、ここにきて突然、病が重くなった。『危篤《きとく》状態で寝ていると聞いたんで、やってきたんですがね——思い切って』若者は言う。『実際、悪いんですよ。かなり深刻な状態です』おれは双眼鏡を建物のほうに向けた。人の気配はない。朽ち崩れた屋根、雑草の上にのぞく長い泥の壁、大きさの異なる三つの四角い小窓。そのすべてが、手を伸ばせば届くかのように見える。またずいと双眼鏡を動かした。柵《さく》の残骸《ざんがい》の杭が一本、視野に飛び込んできた。きみらにはもう話したよな、杭の先端には球の飾りのようなものがのっていた、と。全体に荒廃した状況にあってそこだけが目立つものだから、ちょっと驚いたんだ。しかし、レンズの中で、その杭がぐいっと近寄って拡大されたとき、おれは思わずのけぞったよ、不意に殴りかかってきた拳《こぶし》をよけようとするように。それから、こんどは注意深く残りの杭を双眼鏡で見ていって、自分がとんでもない見間違いをしていたことに気づいたんだ。あの丸い球は飾りではなかった。一つのシンボルのようなものだった。

冗舌なようで困惑的、衝撃的にして不快そのもの。人間にとっては思考の糧《かて》であり、大空から陸地を見下ろす禿鷹《はげたか》がいればそいつの餌《えさ》にもなろう。杭を這《は》いのぼる勤勉な蟻《あり》にとっては望外のご褒美《ほうび》か。杭にのっていた人間の首が＊、もし建物のほうを向いていなかったら、もっと衝撃的だっただろう。ただ一つ、おれが最初に気づいたやつだけがこちらを向いていたんだ。おれは、きみらが思うほどのショックは受けなかった。最初にのけぞったのは、単に、不意を打たれた反射作用だったんだ。なにしろおれは、木彫りの球だとばかり思っていたんだから。おれはそろそろと、最初に気づいた首に双眼鏡の焦点をもどした――頰がこけ、目も落ち窪《くぼ》んで、目蓋を閉じたまま黒く干からびてしまっている首――杭の上で眠っているようにも見えるが、唇が乾燥して縮んでおり、白い歯列が横に細く覗いているため、笑っているようにも見えた。それは永遠の眠りの中で、何か果てしもない滑稽《こっけい》な夢を見ているように笑いつづけていた。

おれはなにも、会社の企業秘密を洩《も》らしているわけじゃない。事実、支配人だって、あとでおおっぴらに言ってるくらいなんだから――クルツ氏があういう手段に頼ったことでこの地域は荒廃してしまった、とね。その点に関しておれが言いたいことは何もないが、きみらにもはっきり理解してほしいのは、あんなふうに首をさらしたことで得られた利益など皆無だっていうことだ。あれによってはっきりしたのは、クルツという男が自己の衝動のおもむくままにさまざまな欲望を満たしていたということだな。それと、彼には何かが欠如しているということもはっきりしたと思う——その何かとはごくささやかなものなんだが、それが物を言う肝心な局面では、壮大な雄弁の陰に隠されてしまって、何の力も発揮できなかったんだ。この欠点を彼自身が意識していたかどうかについては、なんとも言えない。が、最後の最後になって、彼にもわかったんじゃないかと思う。だが、大密林はもっと早くから彼の存在に気づき、途方もない侵略に対する恐ろしい復讐《ふくしゅう》をしかけていたのだろう。大密林がクルツにささやきかけたこと、それは彼自身が知らない自己の本性に関わること、そう、この地での大いなる孤独と語り合うまで彼自身見当もつかなかったこと、だったのではなかろうか——しかもそのささやきは、抗《あらが》いがたいほど魅惑的だった。彼のなかでそれが大きく谺《こだま》したのは、もともと彼の内面ががらっぽだったからだ……おれは双眼鏡を下ろした。声をかけられそうなほど間近に見えた首が、一気に、もう近づけないくらい遠くにまで飛びすさった。

クルツの崇拝者に、さっきまでの元気はなかった。せかせかとした不明瞭《ふめいりょう》な口調で、若者はおれに訴えはじめた——ぼくはあれを、あのシンボルを、撤去する気にはなれなかったんです。原住民たちが怖かったわけじゃない。あの連中はクルツさんに命令されない限りは動きませんからね。クルツさんの権勢たるや異常なくらいです。原住民たちの野営地はこの出張所を取り巻いていて、首長たちが毎日彼に拝謁にやってくるんですよ。首長たちは拝跪《はいき》して……そこまで聞いて、おれは叫んだ。『クルツ氏に面会するときの作法なんぞ、どうでもいい』妙なことに、おれはそのとき、そういうくだくだしい話は、クルツの窓の下の杭で干からびている首よりもっと耐えがたい気がしたのだ。あの首なんかはつまるところ、一つの野蛮な光景にすぎない。それに対して、くだらない作法の話などを縷々《るる》聞かされたひにには、おれ自身が、微妙な恐怖が充満している、光も差しこまない領域に連れ込まれてしまうような気がしたからだ。その領域にあっては単純そのものの純粋な野蛮行為のほうがむしろ安堵《あんど》の源であって、それはお日さまの下でも大きな顔でまかり通る何物かに相違ないのである。若者はびっくりしたようにおれの顔を見た。クルツはおれにとって偶像でもなんでもないということなど、頭にも浮かばなかったのだろう。クルツの——何に関してだったかな——愛とか、正義とか、生活信条とかに関するご託宣など、おれは聞いたこともないということを、若者は忘れていたのだ。それと、クルツの前に拝跪するといえば、この若者だって蛮人たちに負けず劣らずそうしていたわけだ。あなたは当時の状況がまったくわかってないんだ、と彼は言う。あの首はみんな謀反人《むほんにん》の首なんですからね。

それを聞いて、おれはつい吹き出してしまったものだから、若者はかなりショックを受けたらしい。しかしだぜ、謀反人だなんて！　次はどんな分類名を聞かされることになるやら。この地には〝敵〟がいて、〝罪人〟がいて、〝働き手〟がいた――そしてこんどは〝謀反人〟ときた。杭にのせられた謀反人の首たちは、えらく従順そうにおれの目には見えたがね。『クルツさんのような人にとって、こういう暮らしがどんなに苦しいか、あなたにはわからないんです』と、クルツの最後の弟子は叫ぶ。『そうか、あんたはどうなんだい？』と、おれは言った。『ぼくですか！　ぼくですか！　ぼくはつまらない人間です。偉大な思想なんかとは無縁でね。他人には何も求めたりしない。あなたはよくもまあ、ぼくごときをクルツさんと比べたりなんか……』気持ちが高ぶって言葉につまり、突然泣きだして呻《うめ》くように言った。『もう、わからない。あの人を死なせまいと、ぼくは全力を尽くしてきた。できたのはそれくらいです。ここでの一連のことには、まったく関与しちゃいないんだ。だいたいが能なしなんですから、ぼくは。もう数か月間、ここには薬の一滴も、病人が満足に食べられる物もなかった。恥ずかしいことに、あの人は見捨てられたんです。あれほどの人物がですよ、あれほど高邁《こうまい》な思想の主だというのに。情けない！　なんと情けない！　ぼくはね――ぼくは――この十日間というもの、夜は一睡もしてないんだ……』

その声は夕刻の静けさに呑み込まれた。おれたちが話し込んでいるあいだに森の長い影が丘をすべり降りてきて、廃屋のはるか向こう、象徴的な杭の列のはるか彼方《かなた》にまで達していた。そのあたり一帯は薄暗闇《うすくらやみ》に包まれていたが、おれたちがいる区域はまだ日に照らされていた。空地に沿った河面《かわも》は波静かに眩《まばゆ》い陽光にきらめき、上流と下流の屈曲部は朦朧《もうろう》とした影に蔽《おお》われていた。岸辺には人っ子ひとり見えず、密林からも葉擦れの音一つ聞こえない。

と、突然、建物の角をまわって、地から湧《わ》いたように、一群の男たちが現れた。腰まで届く雑草をかき分け、即席の担架を支えて、ひとかたまりになって進んでくる。次の瞬間、空虚な周囲の情景を突き破ってかん高い叫び声があがり、それは大地の心臓部めがけて飛来する矢のように平穏な大気を貫いた。と同時に、何かの魔法でも働いたのか、人間の群れが——裸の人間の群れが——手に手に槍《やり》を、矢を、楯《たて》を持ち、狂おしい目つき、猛々《たけだけ》しい身振りもすさまじく、黒い思案顔の密林から空き地に流れ込んできた。しばし茂みが震え、草が揺れたと思うと、何かを待ち望むかのようにすべてが静止した。

『こうなったら、クルツさんがあの連中をうまくなだめてくれないと、ぼくらはもう一巻の終わりですよ』おれのすぐわきでロシア人の若者が言う。担架を運ぶ男たちも、この船までの距離の半ばまできたところで、石と化したように立ち止まった。担架にのった痩せさらばえた男が、上体を起こして片腕を上げるさまが運び手たちの肩越しに見えた。『ぜひとも祈ろうじゃないか、普遍的な愛について卓説を吐けるという御《ご》仁《じん》が、おれたちを生かしておく特別な理由を思いついてくれることを』と、おれは言ってやった。こんな愚かしい危険に自分たちが現在《いま》さらされていることが、腹立たしくてたまらなかったのだ。あの非情な幽霊もどきのお情けにすがらなきゃ一命をまっとうできないなんて、阿呆《あほ》らしいにもほどがある。声は聞こえなかったが、双眼鏡で覗くと、細い腕が何かを下知するように前に伸び、下顎《したあご》が動き、あの幽霊のような目が骨ばった眼窩《がんか》の奥深くで暗く輝やいて、顎先が何度もぎくしゃくとグロテスクにうなずいていた。クルツ――クルツ――これはドイツ語で〝短い〟を意味するんだろう？　その名前は、あの男の生――と死――を貫く一切合切と同じく、真実からかけ離れていた。なにしろ、あの男の身長はすくなくとも二メートル十センチはあったのだから。上掛けがずり落ちていて、むき出しになった体は、屍衣《しい》を剝《は》ぎ取られた死体のようにむごたらしく、みじめだった。あばら骨の浮き出た胸郭が震え、骨と皮ばかりの腕が振られる。さながら古い象牙彫りの死神像が息を吹き返して腕を振り、黒光りする赤銅色《しゃくどういろ》の、微動もしない男たちの群れを叱咤《しった》しているかのようだった。おれは見た、クルツが大きく口をあけるのを。それは眼前の空気と大地と男たちを残らず丸呑みにしたがっているような、おぞましくも貪欲《どんよく》そうな顔だった。深みのある声が微《かす》かにおれの耳にも届いた。きっと何か叫んでいたのだろう。次の瞬間、ばったりと背後に倒れかかった。担架が震えて、運び手たちがまたよろめきながら前進しはじめる。と同時に、蛮人たちの姿が、退却の気配すら見せずに消えていった。それはまるで、彼らを突如吐き出した密林が、こんどは息をすうっと吸い込むように彼らを呑み込んでいるかのようだった。

担架についてくる社員のなかには、クルツの武器を運んでいる者もいた――ショットガン二挺《ちょう》、ヘヴィ・ライフル一挺、それに軽量のリヴォルバー・カービンが一挺――それが、あの哀れなゼウス神に残された雷《いかずち》のすべてだった。支配人がクルツの頭の脇《わき》について歩きながら、身をかがめて何事かささやきかけている。結局、クルツはおれの船の小さな船室の一つに運び込まれた――ベッドが一つに折り畳み式の椅子《いす》が一、二脚ぐらいしか入らない狭い部屋だ。遅ればせながらクルツ宛《あて》の手紙を持ってきてあったから、ベッドの上にはたちまち開封された封筒や引き出された便せんが散らばることになった。クルツの手が弱々しくそのあいだをさまよう。彼の燃えるような眼差《まなざ》しと観念したような表情に、おれは打たれた。病み疲れとはちがう。苦痛を抱えているようでもない。影のようなこの男は、満足げに落ち着き払っていた。味わうべき感情を、いまはすべて味わい尽くしたかのように。

一通の手紙をカサカサ言わせながら読み終わると、クルツはおれの顔をひたと見すえて言った。『よくきてくれたな』その手紙には、おれのことが書いてあったらしい。あの特別な推薦とやらが、またぞろ物を言っているのだ。それにしても、クルツがほとんど唇を動かさずに、あれだけ明朗な声を造作なく出してのけるのにはびっくりした。声! 声! 荘重で、よく通る、深みのある声。見た目にはか細い声ひとつ吐き出せそうもないほどなのに、実は――相当な無理を重ねて――おれたちの息の根を止めかねないほどの力を内に蓄えていたのだ。この件についてはあとですぐ話すつもりだが。

そのとき、支配人が音もなく戸口に現れた。おれがすぐ外に出ると、入れ替わりに入った支配人がおれの背後でカーテンを引く。ロシア人の若者は、社員たちの好奇の眼差しを浴びながら、じっと岸辺のほうを見すえている。おれはその視線の先を追った。

黒い人影が遠くに見えた。薄暗い密林の端でせわしなく動きまわっているのがぼんやりと見える。河の近くでは、二人の赤銅色の肌の男が地面に長い槍を突き刺して立っていた。奇怪な豹皮《ひょうがわ》の被《かぶ》り物をかぶって、陽光を浴びながら、戦士のように凝然と動かない。そしてもう一人、夕日を浴びた岸辺を右から左へ、野性的で艶《あで》やかな、幻のような女がゆっくりと歩いていた。

縁飾りのある、縞柄《しまがら》の衣をゆったりとまとったその女は、自信に満ちた足どりで誇らしげに大地を踏みしめていた。一歩進むたびに蛮族の装身具がチリンと鳴り、キラリと光る。髪はヘルメットのような形に結っており、その頭を昂然《こうぜん》と上げて歩を運ぶ。真鍮《しんちゅう》の脛当《すねあ》てが膝《ひざ》までを覆《おお》い、同じく真鍮の針金細工の籠手《こて》が肘《ひじ》までを覆っている。褐色の頬には真紅の斑点が塗られ、ガラス玉の首飾りがいくつも首からさがっている。一歩踏み出すごとに、風変わりな装身具やお守り、呪術師《じゅじゅつし》からの贈り物が震えて、キラッと光る。いま身につけているものをすべて合わせれば、象牙何本分もの価値があるにちがいない。野蛮にして高貴、狂おしい目に宿る荘厳《そうごん》な光。確固たる足どりはどこか不吉なものを孕《はら》んで威厳があった。そして、この悲哀に満ちた大地を突然押し包んだ静寂の中で、広大な大密林の魔が、豊饒《ほうじょう》にして神秘的な生命の巨大な母体が、いまこの女を、憂《うれ》い顔で眺めているかのようだった。そう、あたかもそれ自身が生んだ暗い情熱的な魂の似姿を眺めるかのように。

女はおれの船の前までできた。立ち止まっておれたちのほうを向く。長い影が伸びて水際《みずぎわ》に落ちた。女の顔には捨て鉢の悲しみと無言の苦痛のこもった哀切で凄絶《せいぜつ》な表情が浮かんでいたが、そこにはまだ何かを決めかねてあがいているような色も滲《にじ》んでいた。そのまま身じろぎもせずにこっちを見ている。その姿には大密林の魔それ自体のように、ある計り知れない大目標の成否を慮《おもんぱか》っている気配があった。まるまる一分ほどもたったとき、女はずいと前に一歩踏み出した。装身具がチリンと鳴り、黄色い金属がきらめき、縁飾りのついた衣が揺れた。そして女は心臓が止まったかのように立ち止まった。おれのわきでロシア人の若者が唸《うな》り声をあげる。背後で社員たちが何やらつぶやいた。女はおれたちをひたと見すえた——その一瞥《いちべつ》に命をかけているかのようにひたむきに。次の瞬間、むき出しの両腕を広げると、頭上高くつきあげた。天空に触れずにはおかないと思い詰めたような、激しい仕草だった。ほぼ同時に薄墨色の影が素早く地上を走り、河面を覆い、そのかぐろい腕で船を包み込んだ。周囲一帯が恐ろしい静寂に覆われた。

　女はゆっくりと体の向きを変え、河岸に沿って歩いてから、左手の密林に入っていった。暗い繁みのなかで、一度だけ目をギラリと光らせてこちらを見返したと思うと、それきり姿を消した。

『もしあいつがこの船に乗り込む気配を見せたら、ぼくは銃弾を見舞っていましたよ』道化の服の若者が、落ち着かない口調で言った。『この二週間というもの、ほとんど毎日、ぼくは命がけだったんです、あの女を家に入れさせまいとして。でも、ある日、あの女はとうとう家に入ってきて大騒ぎを演じたんですよ、ぼくが服を繕《つくろ》うために倉庫からもらってきた端切れの件で。ぼくのやり方にも問題があった。きっとそれが癇《かん》にさわったんでしょう、あの女、かんかんになって一時間ものあいだクルツさんにねじ込んでいたんだから。ときどきぼくのほうを指さしたりして。あの種族の言葉は、ぼくはわからないんです。幸い、あの日のクルツさんは体調がひどく悪くて、あの女の訴えに耳を貸すどころじゃなかった。さもなきゃ、こっちは泣きを見ていたでしょう。どうもわからないのは……いや――これはもうぼくの手に余ることで。もう何もかも終わったことだし』

そのとき、カーテンの向こうでクルツの深みのある声が聞こえた。『おれを救うだと！――救い出したいのは象牙だろうが。余計なお世話だよ。おれを救い出すときたか！　冗談じゃない、おれのほうがおまえさんたちを救ってやったんじゃないか。あんたらはおれの計画を妨害しているんだ。病気だと！　病気だって！　おあいにくさま、おれはおまえさんたちの見立てほど病んじゃいない。心配要らん。おれはおれ流でやりとげてみせるさ――おれはもどってくるからな。おれ流の成果をしっかと見せてやる。けちな行商人もどきのやり口しか知らんくせに――おれの邪魔立てをするとは。おれは必ずもどってくる。おれは……』

支配人が外に出てきた。おそれ多くもこのおれをかき抱くようにして脇につれてゆく。『ひどく悪いようだな、相当に弱っている』そこでお義理に溜息《ためいき》をついてみせたが、つづけて悲しげな表情を浮かべることまではしなかった。『われわれはできる限りのことをしたんだ、彼のために――そうだろう？　しかし、事実を糊塗《こと》することはできん。クルツ君は会社に利益以上の損害をもたらしたんだから。大胆な積極策に打って出るにはまだ時期尚早だということが、彼にはわかっていなかった。慎重に、慎重に――それがわたしの主義でね。いまはまだ慎重を旨《むね》とすべき時なのさ。これで当分、この地区に進出するのは不可能になった。嘆かわしいことに！　全体的に見て、業績の下降は避けられまい。そりゃ、相当量の象牙が集まったことは否定しない――大半は化石だが。それを何としてでも確保しなきゃならん――しかし、見通しが暗いのは見てのとおりだ――なぜか？　不健全な手段が講じられたからだよ』おれは河岸のほうを見て言った。『あれを称して〝不健全な手段〟とおっしゃる？』すると支配人は声高に叫んだ。『きまってるじゃないか。きみはそう思わんのか？』……すこし間をおいて、おれは低い声で言った。『手段なんてもんじゃないな』すると支配人はわが意を得たように、『そのとおり。わたしには読めていたんだよ。そもそもまっとうな判断力が欠如しているんだから。職掌柄、その点は会社のしかるべき筋にも報告しておかないと』『なるほど』と、おれは言った。『その点、あの男――なんて名前だったかな――あのレンガ造りの名人がわかりやすい報告書を書いて、補ってくれるでしょうよ』支配人は一瞬ぽかんとした表情を浮かべた。おれはなんとも気色の悪い空気を吸わされているような気がして、気分直しに、クルツのことを考えることにした。そうせずにいられなかった。『しかし、なんだかんだいっても、クルツ氏は当今稀《まれ》に見る人物じゃありませんかね』語気強く言ったところ、支配人はぎくっとして冷ややかな重苦しい一瞥をおれにくれてから、ごく静かに言葉を継いだ。『ああ、ひと頃はそうだったね』ぷいっと背中を向ける。ご贔屓《ひいき》にあずかったのもそこまでだった。おれは時宜にかなわない手段の支持者として、クルツと一緒くたにされたのだ。おれも不健全な人間とやらになったのである。やれやれ！　とはいえ、同じ悪夢でも自分で選べるだけマシというものか。

本当を言うと、おれは大密林に心を奪われてやってきたのであって、クルツに惹《ひ》かれてやってきたのではなかった。そのクルツは――おれも認めるよ――すでにして埋葬されたも同然だった。そして、このおれもまた、口にするのもはばかる秘密のつまった、大きな墓に埋葬されてしまったような気が一瞬した。耐えがたい重みに胸が圧迫され、湿った土の臭《にお》いが鼻を刺激する。見えない腐敗が勝ち誇って、見通しのきかない夜の闇が迫ってくる……気がつくと、ロシア人の若者に肩を叩《たた》かれていた。若者は何やらしきりにもぐもぐと呟《つぶや》いていた。『船乗り仲間のあなたには――やっぱり隠しちゃおけない――これはクルツさんの名声にかかわることなんだけど』おれは待った。この若者にとっては、クルツはまだ墓に入っちゃいないのである。この若者にとっては、クルツは不死の人間の一人なのだろう。『おい！』おれはそれ以上待っていられずに言った。『さっさと話しちまえよ。ある意味、おれはクルツ氏の同輩のようなものなんだから』

若者はかしこまった口調で切り出した、あなたが〝同業の船乗り〟じゃなかったら、結果がどうなろうと、この件はぼく一人の胸におさめておいたでしょう。『あの人は信じてるんですよ、白人たちのなかには彼に悪意を抱いている連中もいる、と』『それは当たっているな』以前、偶然耳にした会話を思いだして、おれは言った。『支配人なんかは、あんたを吊るし首にするべきだと思っているようだし』これを聞いて、若者が不安そうな表情を浮かべたのが、おれにはちょっと面白かった。『ぼくはもう、人知れず退場したほうがいいんじゃないかって気がしてるんです』若者は真顔でつづけた。『ぼくがクルツさんのためにしてあげられることなんかもうないし、連中はいずれ何かの口実をかまえて迫ってくるでしょうから。それを阻もうたってできない相談でしょう。軍の駐屯地はここから五百キロほども離れているし』『そうだな、ありていに言って、もし近くに住む原住民の間に友だちがいるなら、逃げ出したほうがいいかもしれんな』『そりゃ、いくらでもいるんです』若者は言う。『みんな単純な連中で、ぼくは無欲な人間だし』しばらく唇を嚙《か》んでいたと思うと、『あの白人たちの身に何か起きればいいとは思わないけど、クルツさんの名声のことも心配で──あなたが船乗り仲間だからこそこうして──』『わかった、わかった』とおれは言い、しばらくして付け加えた。『クルツ氏の名声については心配要らんから』請け合いながらも、どの程度本気で言ってるのか、自分でもわからなかった。

若者は声をひそめて、この船を襲撃するよう命じたのは、実はクルツだったのだと打ち明けた。『あの人は、いまの出張所から引き離されるのはいやだと、折りに触れ言ってました──ところが……こういう問題、ぼくにはよくわからないんだ。単純な男ですからね。とにかく、ああやって襲撃させれば、あなた方を追い払えると思っていたようです──あなた方は、あの人はもう死んだと見て諦《あきら》めるだろう、と。ぼくの力では、あの人に襲撃を思い止《とど》まらせることはできなかった。ぼくにとっても大変だったんですよ、このひと月というものは』『そうか、よくわかったよ』と、おれは言った。『彼も、もう大丈夫なようだしな』『まあ、ね』まだ確信が持てないように若者はつぶやく。『とにかく、礼を言うよ』おれは言った。『この先は、おれも油断せずに目をしっかりあけておくから』『でも、どうぞ、この襲撃の件は内密に――いいですね？』不安そうに念を押す。『あの人の名声も地に堕《お》ちますから、万が一にもここのだれかに――』大丈夫、秘密は絶対に守るよ、とおれは厳粛な口調で約束した。すると若者は言いだした。『実は、ここからそう遠くないところで、一艘《そう》のカヌーと三人の黒人の仲間が待機しているんです。ぼくは行きます。ついてはマルティニ・ヘンリー銃の弾丸をいくらか恵んでくれませんか？』それはお安い御用なので、こっそり渡してやった。すると若者はウィンクして、おれのタバコの葉を勝手にひとつかみつまんだ。『船乗り仲間のよしみで――かまいませんよね――イギリスのタバコは旨《うま》いんで』操舵《そうだ》室の戸口までいったところで、振り返った。『そうそう、余っている靴などありませんかね？』片足を上げてみせる。『見てください』靴底だけが、つなぎ合わせた紐《ひも》で、サンダルのように素足の裏にくくりつけてあった。仕方がない、古い靴を一足とりだしてみせると、若者は讃嘆《さんたん》の目で眺めてから、それを左の小脇にかかえた。ポケットの片方（鮮やかな赤）は弾薬でぱんぱんにふくらみ、もう片方（暗青色）からはタウスンの「操船術要覧」等が覗《のぞ》いている。これで大密林との新たな出会いに向けた装備は充分だと、若者は満足している様子だった。『ああ！　あんな人とめぐり合うことは、もう二度とないだろうな。あの人が詩を朗誦《ろうしょう》するところを、あなたにも見てほしかった――しかもその詩はあの人の自作だというんだから。なんと言ったって、詩なんですからね！』そのときの喜びを思いだして、目玉をぐるっとまわして見せる。『実際、あの人のおかげで、ぼくの精神の幅はどんなに広がったことか！』『じゃあ、あばよ』と、おれは言った。若者はおれの手を握り、すぐ夜の闇に消えた。いまでもときどき、おれは本当にあの若者と会ったのだろうか、と自問することがある――あんなにけったいなやつが、この世に本当に存在するものだろうかと！……

真夜中をすぎてほどなく目が覚めた。あの若者の警告が頭に甦《よみがえ》った。星の瞬《また》く夜闇のなか、あの警告には無視できない現実味があったから、周辺を見まわってみようと起きあがった。丘の上では盛大な篝火《かがりび》がたかれていて、出張所の傾いた建物の一隅をちらちらと照らしていた。社員の一人が、武装した数人の黒人を率いて象牙を見張っている。だが、森の奥深くでは赤い光が揺れており、それは野放図にそそり立つ漆黒の円柱もどきの樹々《きぎ》を透かして上下に揺れながら、クルツの崇拝者どもが不安な寝ずの番をしている位置を正確に示している。大きな太鼓の単調な打音が夜気にひろがって、こもった響きの余韻が途切れない。大勢の男がてんでに奇怪な呪文を唱える声が、絶え間ない鳴動となって、隙間《すきま》のない壁のような黒い密林のほうから伝わってくる。蜜蜂《みつばち》がいっせいに巣から飛び立つ翅音《はおと》にも似たその響きは、寝ぼけまなこのおれの意識に、麻酔のように奇妙な効果を及ぼした。手すりにもたれたまま、おれはついうとうとしてしまったようだ。と、突然、異様な叫び声が湧き起こった。つもりつもった不可解な激情の圧倒的な爆発。おれは弾《はじ》かれたように目を覚まして、いったい何事だ、と目を見ひらいた。が、謎《なぞ》の叫び声はすぐに消え、低く鳴動する音響だけがつづいて、何やら心安らぐ静寂のように耳を打った。おれは何気なく小さな船室を覗いた。中には明かりがともっていた。が、クルツの姿はどこにもなかった。

自分の目が信じられたら、叫び声をあげていただろう。だが、最初は信じられなかった——クルツが消えるなどとは、ありえない光景だったからだ。おれはそのとき、すぐにも身に迫る危険ともちがう、漠然とした恐怖、純粋に抽象的な恐怖に打たれて呆然《ぼうぜん》自失してしまったのだ。それくらいこの恐怖が圧倒的だったのは——どう言えばいいだろう——考えただけでも耐えがたい、魂も怖気《おぞけ》をふるうような、とてつもなく奇怪な事態を目前にして、精神的なショックに襲われたせいだった。もちろん、それはほんの一瞬のことで、つづいて訪れたのは、こうなったらいつ奇襲されて殺されるかもしれないという、ごくあたりまえの危機感だった。それはかなりの現実味があって、最初の異様な感覚に比べれば、いくらでも味わったことのある、慣れ親しんだ感覚だった。事実、おれはすぐに平静をとりもどし、社員連中への警告の叫びをあげたりもしなかったのだから。

おれのいた甲板の一メートルと離れていないところでは、アルスター外套《がいとう》*にくるまって、ボタンもきっちりかけた社員が椅子にすわって眠っていた。いまのすさまじい叫び声にも目を覚まさず、軽い寝息をたてている。そいつをそのまま寝かせておいて、おれは岸に飛び降りた。クルツの逃亡を急報するような裏切り行為に、おれは出なかった――裏切るなと、何かに命じられているような気がしたんだ――自分で選んだ悪夢には忠実であれ、ともその声は告げていた。おれは単身、このクルツという幽霊と渉《わた》り合ってみたかった――この暗い不可思議な体験をどうして今日まで人に打ち明ける気にならなかったのか、それはいまもってわからないんだがね。

岸に移ってすぐ、何かが森に踏み込んでいった跡が目に入った――草を押し分けて進んだ幅広い跡だ。おれは舞い上がって、こう独りごちたのを覚えている――『やつは歩けない――きっと四つん這いで進んでいったんだろう――もうこっちのもんだ』草は露で濡《ぬ》れていた。おれは両の拳を握って、大股《おおまた》に先を急いだ。頭では、もし見つけたら、とっつかまえて一発ぶちかましてやる、などと漠然と考えていたと思う。まあ、そんなところだ。とにかく、馬鹿な思いが浮かんでくるのさ。猫を膝に抱いて編み物をしていた、あの老女を思いだしたりもしたんだが、よりによって、こんな騒ぎが片づく先にあんな女が割り込んでくるとはな。ウィンチェスター銃を腰だめにかまえて乱射する社員たちの姿も思いだしたよ。自分があの蒸気船には二度ともどれず、武器もなしに森の中で一人暮らしを強いられて朽ち果てる姿も浮かんだりした。そんな阿呆らしいイメージが次々に浮かんだわけさ。そして、あの太鼓のリズムと自分の心臓の鼓動をごっちゃにして、なんだ、規則正しく打っているじゃないか、と安心したりしたのも覚えている。

一方で、追跡はもちろんつづけていた――立ち止まって、耳をすましたりもした。夜気は澄みわたって、濃紺の空間には星と露がきらめき、黒い木々が音もなく聳《そび》えている。前方で何かが動くのが見えた。あの晩のおれは、不思議と直感が冴《さ》えていた。おれはその場を離れて大きく半円形に走った(走りながら含み笑いまで洩らしていたと思う)。たったいま目がとらえた、あの動きに先んじるためだ――おれの目に間違いがなければの話だが。まるで子供の遊びのように、おれはクルツの先回りをしようとしていた。

そしてついに彼をとらえた。もしクルツがおれの足音に気づいていなかったなら、おれはうずくまった彼につまずいて倒れかかっていただろう。だが、その寸前に彼は立ち上がった。それこそ大地が吐き出した湯気のように、青白い、朧《おぼ》ろな長身がふらつきながら立っていた。物も言わず、ぼんやりと、微かに揺れている。おれの背後では、木々を透かして赤い篝火がゆらめき、森の奥からざわざわと人声が伝わってくる。おれはうまいことやつの行く手を遮ったのだが、こうして面と向かうと興奮もさめて、直面している危険がありありと読めてきた。危険はまだ去ったわけではない。ここでクルツが叫びだしたらどうなる？　あの男、まともに立っていられないとはいえ、大声を張り上げる余力はまだ残っていそうだ。と、そのとき、あの深みのある声でクルツが言ったのだ。『さっさと逃げろ——身を隠せ』恐ろしくなって、おれは背後を振り返った。三十メートルと離れていないところで、いちばん近い篝火が燃えていた。黒い人影が立ち上がり、長い黒い腕を振りつつ、長い黒い脚で、篝火の前を大股に歩きはじめた。頭には角が——おそらくは羚羊《れいよう》の角が——ついている。魔術師か呪《まじな》い師のたぐいか。とにかく、悪鬼のように見えた。『あんた、何をしているのか、わかってるのか？』おれがささやくと、『ああ、完璧にな』声高に、その一語を吐き出してクルツは答えた。どこか遠くから響くようでありながら、メガホンで増幅された大声のようにも聞こえた。もしこいつが騒ぎ立てたら一巻の終わりだ、と思った。が、いまは殴り合いなどしていられない。もとより、苦しみ惑《まど》いながらさすらうこの男を殴ったりはしたくない。『このままじゃあんた、おしまいだぞ』と、おれは言った。『完全におしまいだ』人はときにこういう霊感のひらめきに打たれることがある。おれはしごくまっとうなことを言ったのだ。実際、まさにその瞬間、彼はもう挽回《ばんかい》のしようのないくらい敗北していたのだから。いずれにしろそのとき、おれと彼の親密な絆《きずな》の基礎が築かれ、その絆はその後いつまでも——いつまでも——最後の時を越えて、さらにその先まで——つづいたのだった。

『おれにはな、遠大な計画があったんだ』クルツは未練たらしくつぶやいた。『そうだろうね』と、おれは応じた。『でも、もしここで大声を上げたりしたら、あんたの頭をガツンと——』でも、近くには棒きれも石もない。『いや、あんたを絞め殺してやるぜ』と、おれは言い直した。『あと一息で偉大な事業を成就《じょうじゅ》できたところを』見果てぬ夢にとらわれて、切々と訴えるような声には、無念の思いがこもっていて、おれの背筋には冷たいものが走った。『それが、あの能なしの屑《くず》野郎のおかげで——』『でもね、ヨーロッパ本社でのあんたの昇進は、約束されたも同然だと思うぜ』おれはしっかかと請け合ってやった。もちろん、彼を絞め殺そうなんて気はさらさらなかった——そんなことをしたところで、何の足しにもならなかっただろう。思うに、おれはただ呪縛を断ち切りたかったんだ——大密林の、物言わぬ、重苦しい呪縛をね——大密林は彼のなかに眠る野蛮な本能を目覚めさせ、かつて一度は満たしたこともある醜悪な欲望を思いださせることで、自らの無慈悲な胸に彼をかき抱こうとしている——おれにはそう思えたのさ。おれは確信したんだが、彼を駆り立てて森の端へ、密林へ、ぎらつく篝火のもとへ、太鼓の響きへ、奇怪な呪文の唱和へと走らせたのは、この大密林の呪縛以外の何物でもなかった。そう、彼の背徳的な魂をまどわして、常識的な限界を超えた野望を抱かせたのは、他でもない、この呪縛だったのである。そして——わかってもらえるかな、あのときおれを脅《おびや》かしていたのは、いつ頭に一発食らうかという恐怖ではなく——その危険もひしひしと感じてはいたけれども——おれが渉り合っているこの相手には、何が高尚で何が下等かという物差しなどまるっきり通じないという恐ろしさだったのだ。だからおれはあの黒人たち同様、直接彼に向かって、その独りよがりの並みはずれた退廃ぶりを顧みるよう訴えなければならなかった。この世には、彼の上位にあるものも下位にあるものも存在しない。それはわかっていた。彼は大地を蹴《け》って宙に舞い上がったまではよかったものの、なんたることか！　大地そのものまで粉々に蹴り砕いてしまったのだ。彼は一人そこにいて、その前にいるおれは、地に立っているのか宙に浮いているのかもわからなかった。おれはこうして、彼と語り合ったことをきみらに伝えている――互いに口にした言葉をそのまま再現して――しかし、それはいったい何だったのか？　どれも日常的に使われる普通の言葉だ――毎日交わされる、耳慣れた、あたりさわりのない音声だよな。でも、その底にはどういう意味があったのか？　おれはこう思うんだ――彼の一連の言葉の背後には、夢の中で耳にする言葉、悪夢の中で交わされる語句のような、図抜けた暗示性があったと。そう、魂だ！　もし一つの魂ととことん格闘した人間がいるとしたら、それはおれだと思う。しかも、おれが論じ合った相手は狂人ではなかった。信じようと信じまいと、その知力には一点の濁りもなかった。たしかに、恐ろしいまでの自己中心ぶりだったが、頭脳は明晰《めいせき》だった。そして、そこにこそ、おれの唯一《ゆいいつ》つけ入る隙があったのさ。もちろん、彼をその場で殺してしまうという手もあったが、なんだかんだ物音が立つのは避けられない以上、妙手とは言えなかった。一方で、彼の魂は狂っていた。大密林の中にたった一人でいるうちに、彼の魂は自らの内奥《ないおう》を見つめつづけて、あろうことか！　狂ってしまったんだろう。そして、おれもまた――何かのばちでも当たったのか――彼の魂を覗き込むという試練をくぐり抜けなければならなかった。彼が最後にありのままの本心を吐露した際の雄弁くらい、人類への信頼をたじろがせるものはなかっただろう。彼もまた己れと格闘したのはたしかだ。おれはこの目でそれを見たし、耳で聞きもした。一つの魂がいかなる規制や信仰や恐怖にも縛られずに、ひたすら己れ自身と格闘するという、およそこの世では考えられない精神ドラマの神秘を、おれはこの目で見た。おれは最後まで冷静を保ったと思う。しかし、それからなんとかクルツを背負ってあの丘を下り、船内の長椅子に横たえて、さて自分の額の汗をぬぐったときには、まるで半トンもの重荷を背負ってきたかのように足がガクガク震えていたよ。事実は彼の痩《や》せ細った腕をおれの首に巻きつかせて背負ってきただけだったのに——しかも彼の体重たるや、並みの子供より若干重い程度にすぎなかったのだ。

翌日正午に出発したとき、おれがそれまで樹木のカーテンの背後に絶えず意識していた原住民たちが、再び森から流れ出てきた。息遣いも荒く、赤銅色の肉体を震わせる男どもで空地は溢《あふ》れかえり、丘の斜面も隙間なく覆われた。おれはすこし上流に向けて蒸気船を進めてから方向転換して、下流に舵をとった。恐ろしい尻尾《しっぽ》で水面を打ち、黒煙を宙に吐き出す猛々しい〝河の悪魔〟。この蒸気船。水飛沫《みずしぶき》をあげ、重苦しい拍動音をたてて進むその動きを、二千の目が追った。河岸を埋めた集団の最前列の前では、頭から足まで真っ赤な泥を塗りたくった三人の男が、せかせかと行きつ戻りつしている。おれたちの船が再び彼らの前にさしかかると、皆いっせいにこっちを向いて足を踏み鳴らし、角のついた頭を上下に振りたてて、真っ赤な体を激しく揺さぶる。おれたちの乗る、猛々しい〝河の悪魔〟に向かって、彼らは黒い羽毛を束ねたものや、垂れさがった尻尾――乾かした瓢簞《ひょうたん》のようなもの――のついた薄汚れた毛皮を振りまわした。と同時に、一定の間を置いて、人間の言語とは到底思えない言葉をつらねた叫び声をあげる。そこへ群衆が低く唱和する重苦しい声が割って入るところは、何かしら悪魔にささげる連禱《れんとう》を聞かされているかのようだった。

クルツは操舵室に移してあった。そっちのほうが風通しがいいからだ。長椅子に横たわったクルツは、ひらいた鎧戸《よろいど》を通して外を眺めていた。岸辺では密集した黒い肉体が渦巻き、ヘルメットのような髪型の、褐色の頰をしたあの女が、水際すれすれのところまで飛び出してきた。両手を前に突き出して、何かかん高い声で叫ぶ。するとそのあとから、熱狂した黒人たちの集団が何やら激しく湧き出す文句を、歯切れよく、息を弾ませて、高らかに唱和する。

『わかるかいあれ、何を言ってるのか？』おれは訊いた。

クルツはこちらには目もくれず、哀《かな》しみと憎しみの入り混じった表情で、熱い渇望《かつぼう》の眼差しを河辺に注ぎつづけていた。すぐにはおれに答えようともしない。が、微かな、謎《なぞ》めいた笑みが血の気のない唇に浮かんだと思うと、一瞬後には唇がヒクついて、ゆっくりと喘《あえ》ぐような声が洩れた。『わからないでどうする?』何か超自然的な力で絞り出されたような声だった。

おれは汽笛のひもを引いた。下甲板の社員たちが、またひと騒動あると期待してか、岸辺にライフルをとりだす姿が見えたからだ。突然鳴り響いたかん高い汽笛を聞いて、岸辺につめかけた集団のあいだには怯《おび》えて身がまえる気配が走った。『やめろよ! やつら、怖気《おじけ》づいて逃げちまうだろうが』甲板のだれかが憤慨して叫んだ。おれはかまわずに何度もひもを引いた。河辺の原住民たちは散り散りに逃げはじめた。飛び跳ね、うずくまり、横っ飛びに走って、恐ろしい汽笛から逃れようとする。全身を赤く塗りたくった三人の男は、銃弾を浴びたかのように前のめりに倒れて突っ伏した。ひるむ気配など微塵《みじん》も見せなかったのは、あの凜《りん》とした奔放な女ただ一人だった。おれたちに追いすがるように、残照に映える鬱然《うつぜん》とした河面に向かってむき出しの両腕を差し伸べる姿には、哀切なものがあった。

それから程なく下甲板の馬鹿者どもがあのお楽しみに興じはじめ、漂う硝煙で何も見えなくなった。

褐色の河の流れは闇の奥から速やかに走り、ここを遡《さかのぼ》ってきたときの倍の速さでおれたちを海に連れ戻してゆく。クルツの生命もまた速やかに走り、心臓から非情な時の海に向かって、潮が引くように流れていった。支配人はすっかり落ち着いていた。もはやこれといった懸念《けねん》事項もなく、おれとクルツを余裕たっぷりの満足げな眼差しで見やった。彼にとって、こんどの〝問題〟は最上の着地点を迎えたのだ。おれが〝不健全な手段〟派の最後の一人になる時が刻々と近づいていた。社員たちがおれを見る目もよそよそしくなった。おれはもう死者の数に入れられたも同然だった。だいたい、おれはどうしてクルツとの思いもよらぬ絆を受け容《い》れてしまったのか。冷酷で貪欲な亡霊どもに侵された暗鬱な土地で襲いかかってきた悪夢を、どうしてすんなり選びとってしまったのか。考えてみると不思議でならない。

クルツは語った。その声！　声！　それは最後のぎりぎりの瞬間まで深く響いた。体力の限界を超えても響きが止《や》むことはなく、雄弁の壮麗なひだのなかに不毛な心の闇を沈潜させた。そうなんだ、彼は闘った。最後まで格闘したんだ。疲れ果てた脳の形骸には、いまや虚《うつ》ろな幻影がとり憑いていた——そう、彼の気高くも高邁な不滅の自己表現の才にとりついて離れない、富と名声の幻影が。おれの婚約者、おれの象牙《ぞうげ》、おれの出張所、おれのキャリア、おれの理想——ときおり感情が高ぶったとき、彼が好んで語るのはそういう題材だった。本来のクルツの亡霊が、まもなく原始の大地に葬《ほうむ》られる運命の、空疎《くうそ》なまがい物のクルツの枕頭《ちんとう》をしばしば訪れた。彼が深く探求したもろもろの神秘に対する悪魔的な愛と、同時にそれに逆らう熾烈《しれつ》な憎悪《ぞうお》は、彼の魂の激しい奪い合いを演じた。そう、原始的な感情に耽溺《たんでき》し、偽りの名声、まがいものの栄誉、成功と権力のあらゆる兆候を貪欲に求めたクルツの魂を、激しく奪い合ったのである。

ときどきクルツは、どうかと思うほど子供っぽくなった。どこか惨憺《さんたん》たる辺境で偉業をなしとげて凱旋《がいせん》する際には、王様たちに駅頭で出迎えてもらいたい、などと言ったりするのだ。『自分は膨大な利益が約束されたものを手中にしている――そう自慢して誇示してやるんだ。そうすりゃ、だれもが寄ってたかってこちらの手腕を誉《ほ》めそやすさ』そんなことを平気で言ってのける。『もちろん、動機には常に注意を払わなきゃならん――正しい動機こそ肝心なんだから――いついかなるときでもな』船は河を下ってゆく。変わり映えのしない長い直線の水路、どれも似たように見えるカーヴが船の背後に通りすぎてゆく。別世界からきたこの薄汚れた破片、変化と征服と交易と虐殺《ぎゃくさつ》、それに祝福、の先駆けであるこの船を、無数の古木が辛抱強く見送る。おれはひたすら前方を睨《にら》んで舵《かじ》をとった。ある日、クルツが突然言った。『鎧戸を閉めてくれ。もう見ちゃいられん』おれは言われたとおりにした。しばらく沈黙がつづいた。『見ておれよ、いずれはおまえの心臓をねじ切ってやるからな!』見えない大密林の魔に向かって、クルツは叫んだ。

船は――おれの予想通り――故障を起こし、中洲《なかす》の突端で修理を余儀なくされた。この遅れで、クルツの自信が初めて揺らいだ。ある朝、彼は書類の束と一枚の写真をおれに手渡した――靴ひもで一つにまとめたやつをね。『これを預かってくれ』と彼は言うんだ。『あのたちの悪い阿呆(支配人のことだ)が、隙を狙《ねら》っておれの書類箱を覗き込むかもしれんからな』午後になって、おれはクルツの様子を見にいった。目を閉じて仰臥《ぎょうが》したままなので、おれは足音を忍ばせて船室を出ようとした。と、そのとき、低くつぶやく声が聞こえた。『正しく生きて、死ぬ、死ぬんだ……』おれは聞き耳を立てた。が、それっきり声は途絶えた。夢を見ながらスピーチの練習でもしていたのか、それともあれは、新聞に寄稿する文章の一部だったのか? クルツは以前新聞に論文を寄せていたことがあり、今後もそうするつもりでいたのである。『おれの考えをさらに深化させるためにな。これは一つの義務なんだよ』と、言っていたが。

クルツの抱えていた闇は、透視できない闇だった。おれは、絶えて陽の差し込まない断崖《だんがい》の底に横たわる人間を覗き込むように、彼を見ていた。が、彼のために割《さ》ける時間は限られていた。機関士を助けて蒸気洩《も》れのするシリンダーを分解したり、曲がったコネクティング・ロッドを直したり、なんだかんだで忙しかったからだ。錆《さ》びやら、やすり屑やら、ナットにボルトやら、スパナーやら、ハンマーやら、ラチェット・ドリルやら、そんなものがごったになった、息もつまりそうなところでおれは修理に追われていた——そんな道具類は性に合わないので大嫌いなんだが。運よく船に積み込んであった小型の鍛造炉にも、おれは取り組んだ。いまいましい鉄くずの山に囲まれて、汗水たらして働いていたのさ——熱病による悪寒でまともに立っていられないときなどを除いて。

ある晩、ろうそくを手に船室に入っていくと、クルツの震え声が耳を打ったんでびっくりした。『おれは闇に横たわって、死を待っている』ろうそくの明かりは、彼の目から三十センチと離れていなかったのに。『何を、馬鹿な！』と、どうにかつぶやいて、おれは身動きもできずに彼を見下ろした。

あのときのクルツの面貌《めんぼう》の変わりようときたら、それに近いものすら見たことがないし、また二度と見たいとも思わない。そうだな、怖かったんじゃない、思わず引き込まれたんだ。まるで、長らく顔を覆っていたヴェールが一気に引き剝がされたかのようだった。あの象牙のようになめらかな顔には、厳《おごそ》かな誇り、冷徹な権力欲、怯懦《きょうだ》な怖れ——そして激しい絶望の色が浮かんでいた。クルツはあの、至高の覚醒《かくせい》が訪れるという死の直前に、欲望と誘惑と屈服の隅々《くまぐま》に至るまで、己れの人生を生き直したのだろうか？　次の瞬間、彼は何かの映像、何かの幻影に向かって、低く叫んだ——吐息ともつかぬ低い声で二度、たしかに——。

『地獄だ！　地獄だ！』*

　おれはろうそくを吹き消して、船室を出た。食堂では社員たちが食事をしていた。おれは支配人の向かい側に腰を下ろした。支配人は顔を上げて、物問いたげにこちらを見たが、おれはうまいことその視線をやりすごした。支配人は落ち着き払って椅子の背にもたれ、底知れぬ非情さを巧みに隠しおおせる、あの独特の笑みを浮かべていた。小さな蠅《はえ》の群れがランプに、衣服に、おれたちの手や顔に、絶え間なくたかってくる。突然、支配人付きのボーイが黒い小生意気な顔を戸口に突き出して、さも軽蔑《けいべつ》したような口調で言った——。

『クルツの旦那《だんな》——死んじまったよ』*

　すわとばかりに社員たちが飛び出していった。おれはその場を動かずに食事をつづけた。なんて冷淡なやつだろうと、みんなに思われたにちがいない。でも、あまり食は進まなかった。食堂にはランプがあって——つまり光があったわけだが——外はなんとも浅ましいくらいの闇だった。この地上における魂の冒険に自ら審判を下して見せた、あの傑出した人物に、おれはもう近づかなかった。声は消えたのだ。他に何が残っているというのか。しかし、翌日、社員たちが泥中《でいちゅう》に穴を掘って何かを埋めたことは、もちろん承知しているが。

そして、このおれもまた、危うく埋められる破目になるところだった。*

でも、ごらんのとおり、おれはあのとき、あの場所で、クルツの後を追うことはなかった。おれは生き延びて悪夢を最後まで見通し、クルツへの忠誠を再度示すことになった。運命。おれの運命！　人生とは滑稽《こっけい》なものだ。やくたいもない目的のために、冷酷な論理がお膳立《ぜんだ》てされる不可思議な道程――それが人生だ。その人生から最大限期待できるのは己れ自身を知ることだが――それはたいてい手遅れで――悔やみきれない後悔の種子でしかない。おれも死とは格闘してきた。これほどつまらない闘いもない。それは灰色の朦朧とした場で行われるのだが、足下にも周囲にも何もなく、観客もいなければ歓声が轟《とどろ》くこともない。栄光もなければ勝利への渇望もなく、敗北への緊迫した危惧《きぐ》もない。ただ生ぬるい懐疑に包まれた、げんなりするような雰囲気のなか、自分の正しさも信じられず、ましてや敵の正しさも信じられないまま行われる、そんな闘いなのだ。もし究極の叡智《えいち》とやらがその程度のものならば、人生とは一部で信じられている以上に謎めいていると言えはしまいか。おれももうすこしで人生最後の総括のようなものを言わされるところだったのだが、自分には何も言うべきことがないのに気づいて、屈辱を覚えたのだった。だからこそおれは、クルツは傑出した人物だと断言できる。彼には言うべきことがあったから、それを言った。おれも深淵《しんえん》を覗き込んだことがある身、クルツの眼差しの意味はよくわかる。衰弱していた彼はろうそくの炎も見ることはできなかったけれども、その目は全宇宙を抱擁できるほど大きく見ひらかれていたし、闇の中で鼓動するすべての心臓を見透かせるほどに眼光も鋭かった。そして彼はすべてを要約し――審判を下した。『地獄だ!』とね。クルツは傑出した人物だった。だから、あの一言はある種の信念の表明だった。それは率直そのもので、確信に裏づけられていた。あのささやくような声は反逆の響きをそなえ、かいま見た真実の戦慄《せんりつ》的な貌《かお》を代弁していた――まさしく願望と憎悪の奇妙な混淆《こんこう》と言うべきか。おれの記憶にいちばん鮮明なのは、おれ自身が死にかけたときのことではない――おれが死にかけたときは、目の前がぼんやりとした灰色一色になって肉体的な苦痛に圧倒され、この世のすべてを、その苦痛すら含めて、無頓着《むとんちゃく》に罵倒《ばとう》したものだ。が、ちがう! それではないのだ、いちばんよく覚えているのは。そう、おれはクルツが死ぬ間際に味わった思いを、自分でも味わったような気がする。彼の場合は、あの最後の一歩を踏み出して境界線を踏み越えたのに対し、おれは踏ん切りがつかずに足を引っ込めることを許された。おそらく、すべての違いはそこにあるのだろう。おそらく、すべての叡智、すべての真実、すべての誠実さは、見えない世界への敷居をおれたちが踏み越える、あの、ほんの一瞬に凝縮されるのだろう。たぶん、そうだ！　おれとしては、仮に自分が人生を総括する言葉を吐いたとしても、それはすべてを無頓着に罵倒する言葉ではなかっただろうと思いたい。それよりは、クルツが最後に発した、叫びにも似たささやきのほうがずっといい。あれは確認の言葉だった。数知れぬ敗北、おぞましい恐怖、おぞましい満足によって贖《あがな》われた道徳的な勝利の言葉だった。が、勝利は勝利にちがいない！　だからこそ、おれは最後までクルツに忠実だった。そればかりか、それからだいぶたって、彼の声そのものではなく、水晶の壁のように透き通った魂からおれに投じられた、彼の壮麗な雄弁の谺《こだま》を聞かされるに至ったときまで、おれはクルツへの忠誠を保ったのである。

そう、おれはやつらに埋められはしなかった。ただ、いまもぼんやりと思いだす一時期があって、それは何の希望も欲望も持てない、幻と見まがう世界をくぐり抜けた日々のことなんだが、思いだすたびにぞくっと身震いするのさ、自分は本当にあんな体験をしたのかと思って。そして結局、おれはあの墓場のような都市に舞いもどったんだ。そこでは相も変わらず、市民たちがせわしげに道路を行き交っては互いに小金をかすめとったり、悪名高い料理をむさぼり食ったり、体に悪いビールをがぶ飲みしたり、愚劣な夢を頭に描いたりしている。そんな様子を見るにつけ、おれはむかっ腹をたてていた。連中はおれの頭の中にも割り込んでくる。この侵入者どもの振りかざす世知などは、苛立《いらだ》たしい知ったかぶりにすぎなかった。なぜなら、おれがさんざん苦労した末に知り得たことを連中がわきまえているはずはない、と断言できるからだ。彼らの日頃の言動、それは、この道は絶対に安全と信じ切って世渡りをしている平凡な人間どもの言動にすぎない。だが、おれから見れば、そのさまは危険の本質も知らないまま公然と愚行を演じているようで不愉快きわまりなかったのである。彼らの蒙《もう》をひらいてやりたいとは特に思わなかったけれども、偉そうにふんぞり返っている馬鹿面《づら》を見ていると、つい面と向かって笑いだしたくなるのをこらえるのがひと苦労だった。当時のおれは、体の具合もいまひとつだった。で、市中をふらふらと歩きまわっては——何かと雑用があったんで——品行方正の塊のようなお歴々をせせら笑ったりしていた。弁解のしようもない振舞いだったのはたしかだが、あの頃のおれは日頃の体温すら不安定だったもので。わが親愛なる叔母御はおれの〝体力を回復〟させるべく骨折ってくれたが、それも的外れだった。回復させなければならないのは体力ではなく、想像力のほうだったのだから。クルツから預かった書類の束は、どう処理すればいいかもわからないまま保管していた。クルツの母親は、つい最近、彼の婚約者に看取られて亡《な》くなったらしい。そしてある日のこと、ひげをきれいにあたって金縁眼鏡をかけた、堅苦しい物腰の男がおれを訪ねてきた。その男が〝記録書類〟と呼ぶものについて、最初は遠回しに探りを入れ、次いでやんわりと引き渡しを要求してきた。おれは驚かなかった。その件については、まだ現地にいた頃、あの支配人と二度もやり合っていたからだ。そのときは小さな紙切れ一枚渡す気はないと撥《は》ねつけたんだが、この金縁眼鏡の男に対しても、同じ態度で通した。するとその男、しまいには露骨に威嚇《いかく》的な態度に変わってね、会社には、その〝営業地域〟に関して、いかなる些細《ささい》な情報も閲覧する権利があると、滔々《とうとう》と弁じはじめたもんだ。『未開地に関するクルツ氏の知識は、広範且《か》つ特異なものであったに相違ない――彼の偉大な能力、及び彼の置かれた遺憾な状況にかんがみても。したがってだね――』おれはそこで遮って、クルツ氏の知識は、いかに広範だったとはいえ、商取引や会社経営に関わるものではなかったがね、と言ってやった。すると彼氏、こんどは科学の名を借りて言いつのるのさ。『これぞ計り知れぬ損失と言わずして何と言おう、もしもだね――』云々《うんぬん》かんぬん。で、おれは〈蛮習廃止国際協会〉の報告書を――追記の部分はちぎりとって――差し出した。彼はひったくるように受け取ったものの、しまいには馬鹿にしたように鼻であしらった。『われわれが閲覧の権利を有しているのは、こんなものではない』で、おれは言ってやったよ。『じゃあ、これ以上ご期待に添えるようなものはないね。あとは個人的な書簡だけだから』男は法的措置をとるなどと脅し文句を並べたあげくに帰っていった。それ以来、そいつには一度も会っていない。すると二日後になって、また一人、こんどはクルツの親類と称する人物が現れた。愛する身内の最後の瞬間の模様を詳しく聞かせていただけないか、と言う。クルツには偉大な音楽の才能があったのだ、ということもその男は明かした。『音楽家として大成する素質は充分だったんですがね』そういう男自身、オルガン奏者だそうで、脂《あぶら》でテカった上着の襟に長い灰色の髪がかぶさっていた。その男の言説を疑う理由は何もなかったのだが、実はおれ自身、今日に至るまで、クルツの本来の職業が何だったのか、決めかねている。そもそも彼には職業なるものがあったのかどうか。彼の才能でいちばん傑出していたのは何だったのか。新聞に寄稿する画家かと思ったこともあれば、絵も描ける新聞記者かと思ったこともある。親類と称する男自身（話し合っている最中ずっと嗅《か》ぎ煙草《タバコ》をやっていたが）、クルツとは何者だったのか、正確なところを言えなかったのだ。万能の天才だったという点では、おれもその老人に賛成だった。老人はそれから大ぶりな木綿のハンカチを鼻に押し当てて、けたたましく鼻をかみ、こっちが差し出した家族間の手紙や大した価値のない覚書を受け取ると、いかにも年寄りらしく感激して引き揚げていった。そして最後に、〝親愛なる〟同僚の運命についてぜひ知りたいという新聞記者が現れた。この記者の言い分によれば、クルツが本来やりたがっていたのは、〝民衆の側に立つ〟政治活動のはずだったという。この記者、もしゃもしゃのまっすぐな眉毛《まゆげ》に、短く刈ったごわごわの髪、それに幅広の黒いひもつきの単眼鏡をかけていた。弁じるにつれ舌もなめらかになり、自分の見るところ、クルツという男に文筆の才は皆無だった、などと言いだした。『ところがところが！　弁の立つことといったらもう！　万座の聴衆をしびれさせたものさ。彼には信念があった――おわかりか？――まこと、信念の男だった。これと信じ込んだ説は徹底的に自分のものにする――どんな見解であろうとも。だから、急進的な党を率いれば素晴らしいリーダーになっただろうよ』『どんな党だって？』おれは訊きただした。『どんな党だろうといいんだ』相手は答える。『なにしろ彼は――その――過激なところがあったから』そう思わないか、と訊くので、それは同感だ、とおれは答えた。するとその記者は急に好奇心を満面に現わして、『ではご存じだろうか、いったい何が彼を駆り立てて彼の地《か》に走らせたのか？』『そりゃ、知ってるとも』とおれは答えた。そこであの、知る人ぞ知る報告書を彼に渡して、もしいけると思ったら公表したらどうだい、と勧めた。彼は終始ぶつぶつとつぶやきながらせわしげにページをめくり、最後に『うん、これはいい』と言ったかと思うと、その戦利品を手にいそいそと帰っていった。

こうしておれの手元には、薄い手紙の束と若い女の写真だけが残った。美しい女だと思った――表情が美しいんだな。陽光の加減次第で写真が嘘《うそ》をつくことがあるのは承知しているが、あの表情がたたえている誠実さの繊細な陰翳《いんえい》だけは、いかに照明やポーズに趣向を凝らそうとも実現できるものではない。この女性ならごく素直に、疑いも抱かず、利己心も抜きで話を聴いてくれそうだ。よし、この女性を訪ねていって、写真や手紙をこの手で返してやろうと決めた。好奇心に駆られたんだろうって？　そのとおり。それと、何か他の感情も働いていたと思う。そのときまでに、クルツのものだったすべてはおれの手から離れていた。クルツの魂、肉体、出張所、野望、象牙、そしてキャリアまでも。残ったのは、彼に関する記憶と彼の婚約者だけだ――そしておれはそれすらも、ある意味、過去に委《ゆだ》ねてしまいたかった――おれの中でうごめくあの男の残滓《ざんし》を残らず忘却の手に、人間の運命なるものの最後の切り札である忘却の手に、押しつけてしまいたかった。これは自己弁護じゃない。自分が本当に望んでいたのは何だったのか、見きわめがつかなかったのだ。おそらくは無意識のうちに忠誠心が働いたのか、もしくは人生の諸相にひそむ皮肉な願望が満たされたということなのか。よくわからない。どうとも言えない。ともかくも、おれは出かけていった。

クルツに関する記憶は、人間だれしも生きる過程で増やしてゆく他の死者たちの記憶と大差ないと、おれは思っていた――だれもが急ぎ足で最後の道程をたどる際に周囲の人々の脳髄に残す、ぼんやりとした残影のようなものだろうと。ところが、あの高い重厚な門扉《もんぴ》の前に立ったとき、そう、手入れの行き届いた墓地の小道のように閑静で典雅な道路の、あの堂々たる建物に挟まれた門扉の前に立ったとき、おれは担架に横たわるクルツの幻を見たのだ。その幻像は、全人類を地球ごと丸呑《まるの》みにしようとばかりに、くわっと大きく口をあけていた。そのとき、あの男はおれの目の前で生きていた。かつて生きていたときに劣らず生々しく――壮麗な見てくれや浅ましい現実を求めてやまない一個の影として。夜の影よりも黒い影、豪勢な雄弁のひだに優雅な衣をまとって隠れひそむ影として。その幻像は過去のすべてを引き連れて、おれと一緒に目前の建物に入っていこうとしている――あの担架、クルツという幽霊の運び手たち、従順な崇拝者どもの荒々しい集団、鬱然とした密林、どんよりとした河の湾曲部をつなぐ輝かしい水路、心臓の鼓動のように規則的でくぐもった太鼓の響き――これぞ征服者たる闇《やみ》の心臓部。それはまさしく大密林の魔が勝利をおさめようとする瞬間だった。復讐《ふくしゅう》の意気に燃えて侵入してくる敵。おれはもう一つの魂を救済するためにも、独りでそれに立ち向かうしかないと思った。すると、あの、物言わぬはるかな密林で、篝火の明かりのほのめきに包まれ、羚羊の角を頭につけた男たちが背後でうごめくなか、クルツが口にした切れ切れの言葉が甦ってきた。恐ろしくも簡潔で不吉な言葉がまたしても聞こえてきた。おれは彼の卑《いや》しい懇願、卑しい脅し、とてつもない規模の下劣な願望、彼の魂のさもしさと煩悶《はんもん》と激しい苦悶を思いだした。それにつづいて、こんどは彼がある日、覚《さと》り切ったように物憂《ものう》げな態度でこう言ったときの姿まで立ち現れたように思った。『あの象牙の山も、実のところはおれのものでね。会社はろくすっぽ金を出していない。あれはおれがこの手で、命がけで集めたんだから。しかし、会社側は所有権を主張するだろう。ふむ。こいつは厄介なケースだな。どうしたらいいと思う——断固、抵抗すべきかな？　え？　おれの望みは公正な裁きなんだが』……クルツの望みは公正な裁きだという——公正な裁き、だ。おれは目の前の建物の二階、マホガニーの扉の前で呼び鈴を鳴らした。それから待つあいだも、よく磨かれた羽目板の中から彼がじっとこちらを見つめているような気がした——全宇宙を抱擁し、弾劾《だんがい》し、憎悪する、あの大きな底知れぬ目で。すると、おれには聞こえたような気がしたのだ、『地獄だ！　地獄だ！』と低く叫ぶ声が。

夕暮れが近づいていた。おれは天井の高い客間で待たされた。床から天井まで届く縦長の窓が三つあって、そのどれもが美しい垂れ布をまとって光る円柱のようだった。置かれた椅子《いす》の、金箔《きんぱく》を施された曲げ木の脚や背もたれが、ゆるやかな曲線を描いて輝いていた。背の高い大理石の暖炉は、ひんやりとした純白の艶《つや》をまとっている。一隅に置かれた重厚なグランドピアノが、全体に暗い光沢を放っていて、磨き抜かれたおごそかな石棺を思わせた。高い扉がひらいて――閉じた。おれは立ち上がった。

全身黒ずくめの女性が近寄ってきた。仄暗《ほのぐら》い闇に青白い顔を浮きあがらせて、漂うようにこちらに向かってくる。彼女は喪に服しているのだ。クルツの死から一年以上、死の報《しら》せが届いてから一年以上たつというのに、この先永久に忘れることなく喪に服しつづけるつもりらしい。おれの両手をとると、ささやくように言った。『お見えになるのは存じていました』見たところ、そう若くはない――娘むすめした感じではないという意味だ。操《みさお》を守り、信じ、苦しみにも耐えられる成熟した心性の主と見た。室内は一段と暗くなったようだった――薄曇りの夕暮れの物悲しい光が、彼女の額に残らず吸い寄せられてしまったのだろうか。金色の髪、青白い面差し、けがれなき額が灰色の光輪に囲まれ、そこから黒い瞳《ひとみ》がこちらを見つめていた。その眼差《まなざ》しに悪意はなく、深い自信をたたえて、人を信じようとする善意にあふれていた。悲しみに沈む顔は、その悲しみ自体を誇っているかのようで、このわたし、わたしだけが、あの人にふさわしい悼《いた》み方を心得ているのです、とでも言いたげだった。そして握手を交わすあいだも、言いようのない寂寥《せきりょう》の色が顔に浮かぶのを見ると、彼女もまた〈時〉の言いなりにはならない人種に属しているのがわかるのだった。彼女にとって、クルツはつい昨日死んだも同然なのだ。そして、何たることか！　彼女から受けたその印象があまりに強烈だったので、おれにとっても彼はつい昨日――いや、まさにこの瞬間に死んだように思えてくるのだった。おれには彼女とクルツが――彼の死と彼女の悲しみが――つかの間、同時に見えた。クルツが死んだ、まさにその瞬間に彼女を襲った悲しみが見えたんだ。わかってもらえるかな？　おれの前で、二人は一緒だった――二人が同時にしゃべる声が、おれには聞こえた。深く息をついて、彼女は言った。『わたしは生き残ってしまったんです』そのとき、おれの緊張した耳には、彼女の絶望的な悔恨の声にまじって、クルツが最後にささやいた永遠の断罪の声がまごうかたなく聞こえた気がしたのさ。おれは思わず自問したよ、おれはいったいこんなところで何をしているんだ、と。そのときおれは、人が見てはならぬ、残忍で不条理な謎に満ちた場所にさまよいこんだような気がして、恐慌《きょうこう》状態に陥ろうとしていたんだと思う。どうぞ、おすわりになって、と彼女は手真似《てまね》で促す。彼女も腰を下ろした。おれが、持参していた手紙と写真の束を小さなテーブルにそっと置くと、彼女はその上に手をのせた……死者を悼むような沈黙が一瞬流れた後、彼女は低くつぶやいた。『あの人のこと、あなたはよくご存じでしたのよね』

『ああいうところでは、だれでもすぐ親しくなるものなんですよ』おれは言った。『あの人とは、人間同士が親しくなれるぎりぎりのところまで親しくなったつもりですがね』

『そしてあなたは、あの人に敬意を抱いたのね。いったんあの人と知り合ったら、敬意を抱かずにいられなくなる。ちがいます？』

『彼は傑出した人物でした』おれはいささか臆《おく》した口調で答えた。すると彼女は、それだけですか、とでも言いたげにじっとこちらを見つめてくる。おれはつづけた。『彼を知れば知るほど——』

『好きにならずにはいられない』割って入った口調の熱っぽさに、おれはたじたじとなって口をつぐんだ。『そうなのよ！　本当にそうなのよ！　でも、あの人をだれよりもよく知っていたのは、わたしだわ！　あの人はわたしに絶対の信頼を置いてくれました。あの人のことをだれよりも理解していたのは、わたしなんです』

『ええ、彼をだれよりも理解していたのはあなただった』おれは彼女の言葉をなぞってくり返した。事実、そのとおりだったのだろう。だが、言葉が一言放たれるたびに室内は暗くなり、白く、なめらかな彼女の額だけが信念と愛の不滅の光に照らされて輝いていた。

『あなたはあの人のお友だちでいらした』彼女はつづけた。『そう、あの人のお友だち』すこし声高にくり返した。『間違いないわ、だってあの人があなたにこれを委ねて、わたしのところに届けさせたんですもの。あなたには何でもお話しできそうな気がするの——そうだわ！　ぜひともお話ししなくては。あなたには——あの人の最後の言葉を聞き届けたあなたには——わたしがあの人にふさわしい女性だということを、ぜひとも知っていただきたいの……これは、自慢しているのではなく……そうだわ！　わたしは誇りに思っているの、あの人の理解者という点で、わたしに優《まさ》る人間はこの世に二人といないだろうということを——だって、あの人自身がそう言ってくれたんですもの。そして、あの人のお母さまが亡くなって以来、わたしにはだれ一人——だれ一人——』

おれは耳を傾けた。仄暗闇が深まった。クルツから託された書類の束が正しいものだったのかどうか、自信がなくなった。もしかしたら、彼が託そうとしたのは別の束、彼の死後に支配人がランプの明かりのもとで熟読していた、あっちの束のほうだったのかもしれない。おれのそんな思いにも気づかずに、婚約者は話しつづけた。おれに同情してもらっていると信じ込むことで、心の痛みを和らげていたのだろう。喉《のど》の渇いた男たちが水を貪《むさぼ》り飲むように、彼女は話した。クルッとの婚約は彼女の身内のあいだでは認められなかったということを、おれは以前から耳にはさんでいた。クルッには十分な資産がないとか、そんな理由だったのだろう。実際、クルッはずっと貧乏な境遇だったのかもしれない。そもそも向こうに渡ったのも、そういう境遇を脱せない苛立ちからだったのではないか、と思わせるものが彼の言動にはあったのだ。

『……あの人が語るところを一度でも聞いた方なら、友だちにならずにはいられなかったんじゃありません?』彼女の話はつづいていた。『あの人は、聴く人の持つ最良のものに働きかけて、その方たちを惹《ひ》きつけていたんです』おれを見る目は強い光を帯びていた。『それこそは偉大な人間に共通の才能ですから』彼女はつづけた。その低い声は、おれがそれまでに聞いたさまざまな音、神秘と寂寥と悲哀のこもったあらゆる音を伴っているように、おれの耳には聞こえた——河のせせらぎ、風に揺れる木々のざわめき、未開の原住民たちのつぶやき、はるか遠くから伝わる意味不明の叫びの微《かす》かなどよめき、そして永遠の闇の敷居を越えて語りかけてくる低い声。『でも、あなたはあの人の語る声を実際に聞いてらっしゃるのよね！　だからご存じのはずだわ！』彼女は声を高ぶらせた。

『ええ、知っています』ある種絶望のようなものを覚えつつ、おれは答えた。だが、彼女のあの強い信念、勝ち誇る闇のなか、この世ならぬ光を放って人を救う、あの大いなる幻想の前には、おれも頭を下げずにいられなかった。いかなおれでも、あの闇から彼女を守ることはできなかっただろうし——そもそもおれ自身を守ることすらできなかったんだが。

『なんという損失でしょう、わたしにとって——わたしたちにとって！』麗《うるわ》しい寛大さをもって、彼女は言い直した。それから、つぶやくように付け加えた。『この世の中全体にとってもね』夕暮れの最後の光で、涙のあふれそうな彼女の目が光った——涙はそのまま伝い落ちることはなかったが。

『わたしはとても幸せでした——とても幸運でした——誇らしくもあったんです』彼女はつづけた。『あまりにも幸運だったんです。しばらくのあいだは、幸せすぎました。そしていまは、不幸です——この先一生』

そこで、つと立ち上がった。美しい髪が黄昏《たそがれ》の余光をすべてとらえて、黄金色に輝いた。おれも腰を上げた。

『そして、いまはすべてが』悼むように彼女はつづけた。『あの人の輝かしい前途、きわだった資質、寛大な精神、気高いお心映え、そのすべてが消えてしまって——思い出しか残らないのです。あなたとわたしは——』

『われわれの心に、彼はいつまでも残るはずですよ』おれは急いで言った。

『そうですとも！』彼女は叫んだ。『そうしたものが跡形もなく失われるなんてこと、絶対にないわ——あれほどの方の命が犠牲になって、後には悲しみしか残らないなんて、そんなことあるもんですか。ご存じでしょう、あの人が遠大な計画を温めていたことを。わたしも存じていましたけど——わたしの頭では、その全貌を理解するところまではいかなくて——でも、理解できた方はいらっしゃいました。後世に残るものはきっとあるはずです。すくなくとも、あの人の言葉はまだ生きていますから』

『この先も消えませんよ、彼の言葉は』

『あの人が残したお手本にしたって』独りごちるようにささやいた。『殿方はだれしもあの人を尊敬していました——あの人のすることなすこと、高潔さが輝いていたんです。あの人の示したお手本は——』

『そのとおり』おれは言った。『彼の示したお手本ね。そう、彼の示したお手本。それを忘れていました』

『でも、わたしは忘れません。忘れるものですか――わたし、信じられないんです――まだ。ええ、信じられません、あの人に二度と会えないなんて、もうだれも会えないなんて、この先二度と、二度と、二度と！』

彼女は後ずさる人物に追いすがろうとするように、両腕を前にさしのべた。細長い窓から薄れつつ注ぐ光に、黒衣に包まれた腕が伸びる。組み合わされた手の先が青白く浮かび上がった。この先二度と会えないでしょう！　だがね、おれにはそのとき、クルツの姿がはっきり見えていたんだ。おれはこれからも、命のある限り、あの雄弁な幽霊の姿を見つづけるだろう。この女の姿も見つづけるだろう。この、いまは目に馴染《なじ》んだ、悲劇の主である幽霊は、その身振り手振りから、同じく悲劇的だったもう一人の幽霊を想起させた。無益なお護《まも》りで全身を飾り立てていたあの女は、夕日にきらめくあの奈落《ならく》の河、闇の河に、むきだしの褐色の両腕を差し伸べていたが。突然、目の前の女はごく低い声で言った。『あの人の死に様は、それまでの生き方と変わらず気高いものだったんでしょうね』

『ええ、彼の最期《さいご》は』重苦しい苛立ちが胸中にうごめくのを感じつつ、おれは言った。

『どこから見ても、その生涯にふさわしいものでしたよ』

『それなのにわたしは、そばに付き添ってあげられなかった』彼女はつぶやいた。深い憐憫《れんびん》の情が湧《わ》いてきて、おれの怒りは薄らいだ。

『ともかく、できるだけのことは――』おれは口ごもった。

『でも、ああ、わたしはあの人の立派さを信じていたんです、この世のだれよりも――あの人のお母さまよりも――あの人自身よりも。あの人にはこのわたしが必要だったんだわ！　そうよ、このわたしが！　もし付き添わせていただけたら、わたし、あの人の吐く息、口にする言葉、身振りや視線の一つ一つを、大切に胸に刻み込んだと思うの』

さすがに何か冷んやりしたものに胸をつかまれたような気がして、おれはくぐもった声で言った。『どうか、もう』

『ごめんなさい。わたし――わたし――あまりにも長いあいだ、だれとも口をきかずに、一人で喪に服していたものですから……あなたはあの人と一緒だったのね――最後の瞬間まで？　わたし、あの人の孤独を思うんです。わたしくらいあの人を理解できる方が、そばにいなかったんですものね。たぶん、だれもあの人の臨終の言葉を……』

『ええ、最後の最後に』おれの声は震えていた。『この耳で確かめましたよ、彼が最後に漏らした言葉を……』急に恐ろしくなって、おれは口をつぐんだ。

『教えてください』悲しみに打ちひしがれた声で彼女は言う。『せめて——せめて——何か——何か——これから生きる支えになるものがほしいんです』

おれはもうすこしで彼女に向かって声を荒げるところだった、『あれが聞こえないんですか？』と。周囲では夕闇が執拗《しつよう》にその言葉をくり返していた。そのささやきは、立ち上がる風の最初のざわめきに似て、不気味に膨れ上がっていくようだった。『地獄だ！　地獄だ！』

『あの人の最期の言葉を——生きる支えにできれば』彼女はささやいた。『おわかりよね、わたしはあの人を愛していたんです——心から——心の底から！』

おれは気持ちを引き締めて、ゆっくりと言った。

『彼の口から最後に洩れたのは——あなたのお名前でした』

小さな吐息が聞こえた。次の瞬間、心臓がぎくっと止まりそうになった。すさまじい歓喜の叫びが宙にほとばしったからだ。それは想像もつかない勝利と、言いようのない苦しみの入り混じった叫びだった。『やっぱり——やっぱりそうだったのね！』……やっぱり。そうだったのだ。むせび泣く声がした。彼女は両手で顔を覆《おお》っていた。いまにもこの建物が、おれが逃れる間もなく、崩れ落ちるかと思った。天が頭上に落下してくるかと思った。が、何も起こらなかった。いま、おれがついた程度の嘘で、天が落ちたりはしない。もしクルツに与えられて当然の公正を期して、ありのままをしゃべっていたら、天は落ちただろうか？　自分が望むのは公正な裁きだけだと、彼は言っていなかったか？　だが、おれにはできなかった。ありのままを告げることはできなかった。それはあまりにも暗い結果を招いただろう――そう、あまりにも暗い結果を……」

マーロウはそこで口を閉じた。そのまま、われわれからすこし離れて、瞑想《めいそう》する仏陀《ブッダ》の姿勢で、その姿もおぼろに、黙然とすわっていた。しばらくはだれも動かなかった。不意に重役が言った。「引き潮のはじまりを逃してしまったようだな」私は顔を上げた。沖合の空には黒い雲が連なって横たわり、曇天の下、地の果てまでつづく静かな水路が粛然と流れている――それは、底知れぬ闇の奥までつづいているかのようだった。

注解

ページ

九　＊地上最大にして最も偉大な街　the biggest, and the greatest, town on earth　ロンドンを指す。

一〇　＊先にどこかで話したとおり　as I have already said somewhere　「闇の奥」に着手する前年（一八九八年）の五月頃、コンラッドは短編「青春（Youth）」を書き上げていた。その冒頭に、これと同じメンバーを登場させて、海に生きる男たちの絆について語っている。

一一　＊フランシス・ドレーク卿　Sir Francis Drake　イギリス海軍の伝統の礎を築いた提督（一五四〇頃—一五九六）。軍艦ゴールデン・ハインド号で世界一周を達成、スペインの無敵艦隊を撃破する勲功もあげた。

一一　＊ジョン・フランクリン卿　Sir John Franklin　オーストラリア、北極等の探検に参加したイギリス海軍の探検家（一七八六—一八四七）。

一一　＊ゴールデン・ハインド号　the Golden Hind　フランシス・ドレーク卿が世界一周を達成したときの旗艦。

一一　＊エレバス号やテラー号　the Erebus and Terror　ジョン・フランクリン卿が北西航

路を確定すべく北極を目指したときの艦船。目的はほぼ達成したものの二艦とも氷に閉じ込められて脱出できず、乗組員は全滅した。その際、人肉食も行われたという疑いも尾を引いている。

一五　*ガリア　the Gauls　古代ローマ時代、ケルト人が居住していた地域の総称。現在のフランス、ベルギーの全域、オランダ南部、ドイツの一部、そしてスイス及び北イタリア地域一帯に及んでいた。

一五　*ある資料　what we read　ユリウス・カエサルの「ガリア戦記」によれば、ローマ軍のブリタニア侵攻に備えて、ひと冬に六二八隻の艦船がローマ人の手で建造されたという。

一五　*ファレルノ葡萄酒　Falernian wine　ファレルノはローマとナポリのほぼ中間に位置する土地。古代ローマ時代は〝アジェル・ファレルヌス（ファレルノの大地）〟という地名で知られており、ここでつくられるワインは高品質なことで有名だった。

一六　*トーガ　a toga　古代ローマ時代、市民たちが平服としてまとっていた衣。ウール地の半円形の布を左肩から右の脇の下にかけてゆるやかに巻きつけて用いた。

一八　*小さな緑色の灯。赤い灯。白い灯　small green flames, red flames, white flames　河を往き来する船が備えていた三つの灯火を示している。通例、右舷の灯火は緑、左舷の灯火は赤、前部マストの前の灯火は白だった。

二〇　*いわば最も空白な場所　the most blank, so to speak　アフリカ大陸中央部のコンゴ地域を指す。

二〇　＊特別に目立つ河　mighty big river　コンゴ河のこと。

二一　＊例の商社　that Trading society　一八八九年、コンラッド自身がコンゴに渡ろうとした際、ベルギーのブリュッセルで〈北部コンゴ貿易会社〉の社長、アルベール・ティース の面接を受けている。

二三　＊おれには叔母が一人いた　I had an aunt　一八九〇年二月、コンゴ行きを決めたコンラッドはブリュッセルに住む遠い縁者、アレクサンデル・ポラドフスキを訪ねて援助を請う。その数日後にアレクサンデルは急死してしまうのだが、その夫人、マルグリット・ポラドフスカ（Marguerite Poradowska）はその後も長きにわたってコンラッドに物心両面の援助を惜しまなかった。マルグリットは自分でも小説を書く、教養に富む美しい女性で、コンラッドは九歳年上の彼女を〝叔母〟と呼び、頻繁な文通を介して親しく交わったことが知られている。

二四　＊目指す都市　a city　この都市とは、〈北部コンゴ貿易会社〉の本社の所在地であるブリュッセルを指している。

二四　＊白塗りの墓　a whited sepulchre　新約聖書マタイによる福音書第二十三章に、〝律法学者たちとファリサイ派の人々、あなたたち偽善者は不幸だ。白く塗った墓に似ているからだ。外側は美しく見えるが、内側は死者の骨やあらゆる汚れで満ちている〟（新共同訳）とあるのを受けている。

二五　＊圧倒的な広さを占めているのは赤で　There was a vast amount of red　十九世紀の世界地図では、諸大国の領土を赤（イギリス）、青（フランス）、オレンジ（ポルトガル）、緑（イタリア）、紫（ドイツ）、黄色（ベルギー）の各色で色分けしていた。ここで注目すべきは、マーロウに〝圧倒的な広さを占めているのは赤で、これはいつ見ても気分がいい。その地では本格的な事業が展開されている証拠だから〟と言わせていることだろう。つまり、この作品を書いた時点で、コンラッドはイギリスの広大な植民地、そこで行われている事業については礼賛しているのである。これから赴くコンゴ自由国でまのあたりにする残虐な植民地支配の実態は作中でリアルに描写することになるのだが、イギリスの植民地主義（コロニアリズム）は別格のものとしてここで是認している。この時期に至っても、コンラッドにとって、大英帝国は（その植民地事業を含めて）自分が晴れて一体化すべき対象だったのだろう。

二六　＊これぞ会長その人だ　The great man himself　ベルギー国王レオポルド二世の相談役にして、〈北部コンゴ貿易会社〉の会長も務めたアルベール・ティース（一八四九―一九一五）を指している。この当時、コンゴで進行中だったマタディ―レオポルドヴィル（現キンシャサ）間の鉄道建設も彼が指揮した。

二七　＊アウェ!……モリトゥーリ・テー・サルータント　Ave!……Morituri te salutant　ラテン語で、古代ローマ帝国時代、闘技場に入場した剣闘士が皇帝に送った別れの挨拶の言葉。

二八　*頭の寸法を測らせてもらえまいか　whether I would let him measure my head　十九世紀のヨーロッパでは頭蓋学（craniology）なるものが流行していた。人間の頭の形や大きさを測ることで脳の容量を測定し、それによって人種ごとの知性の分類に役立てるという、いわば偽科学の一種。もっぱら白人の優越性を〝立証〟するために重用された。コンラッド自身、一八八一年に、高名なポーランド人の人類学者から、旅行先の住民の頭蓋骨を集めてくれないか、と依頼されたことがあるという。ここではコンラッドのブラック・ユーモア的な皮肉が光っている。

三六　*政庁のある町　the seat of the government　コンゴ河の河口から八十キロ上流の町、ボーマを指す。ベルギー国王レオポルド二世の私有領土コンゴ自由国の政庁所在地。コンラッド自身が一八九〇年にコンゴに赴いた際も、ここで一泊している。

三八　*あれがあんたの会社の出張所だろう　There's your Company's station　ボーマから五十キロ上流の町マタディに置かれていた出張所を指す。

三九　*そこでは鉄道の敷設工事が行われていたのさ　They were building a railway　マタディからさらに上流のレオポルドヴィルに至るコンゴ河の流域は、滝や急流の連続で蒸気船による遡航が不可能のため、探検家スタンリーの提言によって、二つの町をつなぐ鉄道が建設されることになった。一八八九年にはじまり、一八九四年に完成予定だったのだが、技術的困難や労働力不足により、一八九八年に至ってようやく完成した。苛酷な難工事のため、数千人もの黒人労働者が犠牲になったという。

四一　＊おれがこの先知り合うのは……しょぼついた目の悪魔なんだろう　I would become acquainted with……weak-eyed devil　この〝悪魔〟はクルツのことを指すと見なす解釈もあるが、この時点でマーロウはまだクルツのことを知らされていない。このときマーロウが予感している対象は支配人ととるのが妥当ではあるまいか。

四二　＊暗澹たる地獄の何層目　the gloomy circle of some Inferno　ここでイメージされているのは、ダンテの「神曲・地獄篇」か。そこでは地獄の世界が最上部から最下部まで九つの層から成っている。

四六　＊真鍮の針金　brass wire　コンゴ自由国の大半の地域では、黒人労働者たちへの給料として、通貨代わりに流通していた〝ミタコ〟と呼ばれる真鍮の針金が支払われていた。

四七　＊一級社員　a first-class agent　一般的な形容ではなく、この会社の出張所における社員たちの格付けを意味している。

四九　＊そこから陸地を三百二十キロ踏破するのだ　for a two-hundred-mile tramp　コンラッドが現地に赴いてスタンリーヴィルを目指したときも（一八九〇年六月から八月にかけて）、マタディとレオポルドヴィル間のコンゴ河は遡航不可能で、その部分をバイパスする鉄道も未完成だった。そのため、コンゴ河沿いに陸路でそれだけの距離を歩かなければならなかった。

五二　＊英語で演説をぶってやった　I made a speech in English　コンラッド自身がコンゴに赴いたときも、同様の体験をしたらしい。「コンゴ日記（The Congo Diary）」の一八九〇年七月三十日の項に、〝明日は運搬夫たちと揉めそうな気配だったので、全員を集めてスピーチをした。彼らには私の言葉が理解できなかっただろうが、騒ぎは起こさないと約束してくれた〟とある。

五二　＊中央出張所　Central Station　レオポルドヴィルに置かれていた出張所。ここからマーロウたちは、クルツが束ねているスタンリーヴィルの奥地出張所を目指して、コンゴ河を蒸気船で遡航することになる。

五三　＊裏にどんな思惑があったのか　the real significance of that wreck　支配人たちは、重病にかかったというクルツの救援をできるだけ遅らせたかったのだろう。

五九　＊寡黙な大密林　the silent wilderness　この wilderness という言葉は、本書を読み解く上で最も重要なキーワードの一つと言えるだろう。ごくふつうに解釈すれば、wilderness とは荒野、荒れ地、未開の土地、といった意味合いになる。が、この作品においてコンラッドがそれ以上の意味をこの言葉に込めているのは明らかだ。〝文明人〟の代表とも言うべきクルツと対峙し、彼をからみとり、あげくには彼を狂わせてしまう魔性を帯びた存在。一面では、さまざまな汚濁に染まった〝文明〟とは対照的な、無垢の大自然。その現実的な相貌は、コンゴ奥地の巨木や蔦のからみ合った森林。以上を勘案して、この訳書では〝大密林〟という訳語をあてることにした。もとより、それでこの言葉のすべてを言い表せるわけではない。前後の文脈上、それが秘める〝魔性〟がことさら強くにじみ出ている箇所では、〝大密林の魔〟と補うことにしたのもそのためである。

六一　＊たぶん藁でも足りないんじゃないか　I don't know what—straw maybe　旧約聖書、出エジプト記第五章に〝これからは、今までのように、彼らにれんがを作るためのわらを与えるな〟（新共同訳）とある。転じて、〝藁もなしに煉瓦をこしらえる（必要な材料もなしに何かを作ろうとする、無駄骨を折る）という成句が生まれた。

八三　＊軍の駐屯地　Military post　コンゴ自由国を創設した後、ベルギー国王レオポルド二世は、現地で公安軍を発足させた。象牙やゴムの採取を担わされた黒人たちが、苛酷な強制労働に耐えきれずに逃亡するのを防ぐのが、その主たる目的だった。少数のベルギー軍人の指揮官と数千人の黒人兵士によって構成された。その公安軍の駐屯地。

八六　＊ロバほどの価値もない動物たち　the less valuable animals　皮肉を利かせた表現だが、黄金郷探検遠征隊の隊員たちを指しているのは言うまでもない。

一一三　＊上甲板を備えた二階建ての平底船　a decked scow　コンラッド自身がコンゴ河を遡航した際は、短期間、蒸気船〈ベルギー国王〉号の指揮をとった。いまに残るこの船の写真を見ると、やはり上甲板を備えた二階建てになっている。この頃コンゴ河で使用されていた蒸気船は、おおむねこのタイプだったらしい。

一一三　＊マルティニ・ヘンリー銃　Martini-Henry　一八七一年から一八九一年にかけてイギリス陸軍で採用されていた制式小銃。作動装置の設計はフリードリッヒ・フォン・マルティニ、銃身の設計はアレクサンダー・ヘンリーが担当したためこの名がある。

一二八　＊蛮人どもは皆殺しにしてしまえ！　Exterminate all the brutes!　野蛮な黒人たちを教化して文明の恩恵に浴させるという〝高邁な〟理想の実現に頓挫したクルツの胸に、思わず浮かんだフレーズなのだろう。当時、一世を風靡した進化論の祖、チャールズ・ダーウィンの著作「The Descent of Man」（一八七一）の第六章に、〝何世紀後とまでは言わぬ近い将来、文明人が世界中で野蛮人を殲滅し、それにとって代わるだろう〟という一文がある。クルツの胸に湧いた思いは、この文章の遠い谺のようにも聞こえる。

一三三　＊出張所じゃないか！　The station!　クルツのいる奥地出張所のこと。

一四四　＊雷と稲妻　thunder and lightning　クルツの持ち込んだショットガン、ライフル、カービン銃等、近代兵器のすさまじい威力をこうたとえた。

一四八　＊杭にのっていた人間の首　those heads on the stakes　クルツのモデルの一人と目されているコンゴ自由国公安軍のレオン・ロム大尉（ベルギー人）は、実際にコンゴの自邸の庭の周囲に、切断した黒人たちの首を並べていたという。

一六六　＊アルスター外套　ulster　ゆったりとした男物の、背中にベルトのついたダブルの外套。北アイルランドのアルスターで生まれたことからこの名がある。

一七九　＊地獄だ！　地獄だ！　The horror! The horror!　本書の象徴とも言うべき有名なフレーズだが、日本語に訳すとなると一筋縄ではいかない。とりあえずは、〝恐怖だ！恐怖だ！〟、〝怖ろしい！　怖ろしい！〟、〝怖い！　寒気がする！〟等々。肝心なのは、この horror という言葉に、クルツのどういう思いがこめられていたのか。それを個々の読者がどう解釈して受け止めるか。それを考えると、意味を絞る限定的な訳語ではなく、一定の幅を持った奥行きのある訳語が適切だろう。という観点から、中野好夫訳「闇の奥」における秀抜な訳語、〝地獄だ！　地獄だ！〟をこの訳書でも踏襲させていただくことにした。

一七九　＊クルツの旦那──死んじまったよ　Mistah Kurtz ── he dead　「荒地」で知られるモダニズム派の詩人、T・S・エリオットは、「うつろな人間（The Hollow Men）」と題する詩の冒頭に、エピグラフとしてこのセリフを引いている。〝うつろな(hollow)〟という言葉がキーワードだが、本書「闇の奥」の第三章には、大密林がクルツに対して、彼自身が知らない自己の本性に関わることをささやきかけた、というくだりがあり、〝彼のなかでそれが大きく谺したのは、もともと彼の内面がからっぽだったからだ（It echoed loudly within him because he was hollow at the core)〟と説明されている。エリオットは内面がからっぽ（hollow）なクルツという男に、うつろな（hollow）人々たる現代人の原型を見ていたのではなかろうか。

一八〇　＊そして、このおれもまた、危うく埋められる破目になるところだった。　And then they very nearly buried me.　自分が社員たちに殺されかけた、とも受けとれる書き方だが、前後の状況から推して、マーロウはマラリアや熱病などで危うく死にかけた、ととるのが妥当だろう。

〈闇〉の奥にひそむもの――解説に代えて

高見　浩

1　発端

アフリカ大陸の中央部、コンゴ。果てしない密林で覆《おお》われたその広大な盆地を、〝大蛇がのたうつように〟流れている大河がある。〝その頭は海に没し、胴体は広大な原野の上で曲がりくねり、尻尾《しっぽ》は大地の奥深く消えている〟。全長四千七百キロ。ナイルに次ぐアフリカ第二の大河、コンゴ河だ。

一八九〇年八月、そのコンゴ河を、〈ベルギー国王〉号と名乗る一隻《せき》の小さな外輪蒸気船が遡《さかのぼ》っていた。象牙《ぞうげ》等の交易に加えて、奥地で座礁《ざしょう》した僚船を救援するのがその目的だった。

当時のコンゴは〝コンゴ自由国〟という名称の下、ヨーロッパの小国ベルギーの国王レオポルド二世が私的に領有する植民地だった。レオポルド二世は、このときからさかのぼる五年前、ビスマルクの招集した〝ベルリン会議〟で、この植民地の領有を列強諸国から承認されていた。〝アフリカの野蛮な風習をあらため、文明の光と恩恵を全土に広める〟という崇高な開発目的を唱えながら、その真の狙《ねら》いがコンゴの豊かな自然資源、象牙やゴム等の暴虐《ぼうぎゃく》な略奪であったことはその後の歴史が証明している。

その不穏な気配を孕《はら》んで静まり返る密林を横目に、コンゴ河を遡航《そこう》してゆく〈ベルギー国王〉号。乗り込んでいたのは、交易を独占的に担《にな》う商社の白人社員数名に加えて、乗組員、約二十五名。その大半は原住民の黒人で、中にはまだ食人の風習に染まるバンガリ族もまじっていたらしい。そして、彼らを束ねるデンマーク人の船長のかたわらには、熱心に河筋を読みながら航行を補佐する一人のポーランド系イギリス人の船乗りの姿があった。コンラート・コジェニョフスキ（Konrad Korzeniowski）。このとき、三十三歳。後の作家、ジョゼフ・コンラッド（Joseph Conrad）である。

本来コンラッドは、この蒸気船を擁する〈北部コンゴ貿易会社〉所属の別の蒸気船、〈フロリダ〉号の船長としてコンゴに赴任したのだが、いざ会社の出張所のあるレオポルドヴィル（現キンシャサ）までやってくると、この船は重大な損傷を受けていて航行不能なことが判明。やむなく〈ベルギー国王〉号の副船長役を務めることになったのだった。

八月三日にレオポルドヴィルを出発した同船は、はるか北方の奥地のスタンリーヴィル（現キサンガニ）を目指して大河を這《は》い進んでゆく。両岸に密集して聳《そび》え立つ数知れぬ巨木の群れ。そのさまを埃《ほこり》まみれの船橋から眺めるコンラッドの胸には、ときに、波乱に満ちた自己の半生が甦《よみがえ》ることもあったのではなかろうか。

ジョゼフ・コンラッドは、一八五七年十二月三日、当時帝政ロシアの支配下にあったポーランド領ベルディチェフ近郊（現ウクライナ）で、地主貴族のアポロ・コジェニョフスキとその妻エヴェリーナのあいだに生まれた。父親のアポロは祖国ポーランドの独立を目指す熱狂的な愛国者であり、語学の才に恵まれた多感な詩人でもあった。この父親からコンラッドが豊かな文学的資質を受け継いで育ったことは間違いない。

コンラッドが生まれて五年後、父アポロはその地下活動をロシアの当局に摘発され、一家はロシア北部の寒村に流罪《るざい》の処分を受ける。すこしでも生活費を稼ぐべく、アポロは得意な語学を生かして、ヴィクトル・ユゴー、ディケンズらの作品を次々にポーランド語に翻訳していった。それは幼いコンラッドにとっても、格好の養分となったらしい。コンラッド自身、後年著した自伝『個人的記録（A Personal Record）』の中で明かしている――〝五歳のときから私は並外れた読書家だった――十歳になると、ヴィクトル・ユゴーや他のロマン派の作家たちの数多くの作品を読んでいた――（イギリス文学については）最初に馴染《なじ》んだのが「ヴェローナの二紳士」だった。それも他ならぬ父の翻訳原稿で読んだのである。あれは一家がロシアへの流刑に処されていたときのことだった〟。コンラッドの詳細な伝記「Joseph Conrad: A Chronicle」で知られるズジスワフ・ナイデルはこう言っている――〝幼年期のコンラッドの二つの読書体験が、その後の彼の人生の舵取《かじと》りに大きく影響したようだ。ユゴーの「海に働く人々」は彼に船乗りへの願望を植えつけ、シェイクスピアの諸作は生涯にわたるイギリス文学への軌道に彼を誘《いざな》ったのである〟。

苛酷《かこく》な流刑地での暮らしは一八六五年に母エヴェリーナを、その四年後に父アポロをコンラッドから奪う。十二歳にして孤児となったコンラッドは、その後裕福な伯父の経済的・精神的庇護《ひご》の下に育ってゆく。早熟な孤児はフランスやイギリスの文学の養分を貪欲《どんよく》に吸収しながらも海への憧《あこが》れをふくらませていったのだろう。そしてとうとう十七歳になったとき、フランスのマルセイユに単身移住。以後二十年間にわたる船乗り暮らしに入ったのだった。その間、地中海からカリブ海、マレイ諸島、はてはオセアニアと、地球を股《また》にかけて展開した船乗り人生の頂点が訪れたのは、一八八六年のことだった。その年コンラッドは、念願のイギリス国籍の取得に成功したのだ。イギリスの歴史、文化、伝統にポーランド人たる自己のアイデンティティを重ねたいという願望はようやく満たされて、彼は晴れて〝イギリス人〟にもなったのである。

その胸に〝小説を書きたい〟という願望の灯がともったのはいつだったのか。具体的なきっかけはつまびらかではない。が、二十年に及ぶ船乗り暮らしで破天荒な体験を重ねるうちに、それを文章の形で再現したいという願いが、並外れた文学的天分に恵まれた若者の胸に生じるのは、ごく自然な成り行きだったのではなかろうか。とりわけ、船乗りの暮らしにも慣れ切った三十代に入ったとき、彼の頭には、ボルネオ（カリマンタン）東岸で知り合ったオールメイヤーというオランダ人植民者の面影がとり憑《つ》いて離れなくなった。そして、三年に及ぶマレイ諸島での航海の数々を終えてロンドンにもどったある晩、彼はとうとうそのオールメイヤーの物語を書きはじめたのだった。おおよそのストーリー・ラインはほぼ固まっていた。主人公のオールメイヤーは、植民者として挫折《ざせつ》した人生の半ばをすぎて、溺愛《できあい》する娘をヨーロッパに伴って贅沢三昧《ぜいたくざんまい》の暮らしを送りたいという夢にしがみつく。だが、肝心の娘にも、現地人の妻にも見捨てられたあげく、絶望感から阿片《アヘン》に手を染めて、廃人への道をたどってゆく——。マレイ諸島における植民地経営の堕落ぶりを背景とした人間悲劇。その最初のページを、〝ごく単純な思いで、呆《あき》れるほど無知な頭のまま書きはじめた瞬間、（作家の道を進むべく）賽《さい》は投げられたのだ〟と、コンラッドは「個人的記録」に記している。

それから程なく、コンラッドはそれまでの東南アジアから一転してアフリカを新たな行動の場に選ぶ。新規の就職先を頼んだ知人からたまたま紹介されたのが、〈北部コンゴ貿易会社〉の蒸気船の船長職とわかったとき、コンラッドの胸には少年時代に憧れたアフリカでの〝冒険〟の数々が一気に甦ったらしい。

そしていま、一八九〇年八月、コンラッドを乗せた〈ベルギー国王〉号は悠久のコンゴ河を遡ってゆく。彼が船室に持ち込んだ鞄《かばん》の底には、いずれ処女作として世に問う作品の草稿もひそませてあった。初めて目にするアフリカの密林の相貌《そうぼう》は、作品の舞台であるボルネオの未開地の描写にも役立つはずだった。

レオポルドヴィルを出発してから約一か月後の九月一日、〈ベルギー国王〉号は目指す目的地スタンリーヴィルにたどり着く。

少年時代のコンラッドが夢想していたアフリカ探検の要《かなめ》の地、スタンリーヴィル。そこにはいまコンゴ自由国の役人が常駐し、〈北部コンゴ貿易会社〉の奥地出張所も置かれていて、資源の交易が盛大に行われていた。鬱蒼《うっそう》とした密林のあちこちを西洋風の建物の屋根が切り取っている異形の町を歩きながら、コンラッドは、現地人の手から象牙が収奪される生々しい現場の数々を目撃したにちがいない。

数日後、彼は、病に倒れたデンマーク人の船長に代わって〈ベルギー国王〉号の指揮をとり、重い赤痢を患《わずら》っていたクラインというフランス人商社員を乗せて、出発地のレオポルドヴィル目指して帰路につく。晴れて正式の船長としてコンゴ河を下るコンラッドの胸は、しかし、苛酷《かこく》な植民地統治の現実を目にした衝撃で重く沈んでいたことだろう。折から赤痢やマラリア等の重い熱帯病に自身苦しんだこともあって、彼は結局、〈北部コンゴ貿易会社〉と結んだ三年の契約を打ち切ることになる。

翌一八九一年一月、コンラッドの姿は西欧ベルギーのブリュッセルの路上にあった。深い幻滅に終わったコンゴ河遡航の船旅。それを下敷きにコンラッドがイギリス文学史上類例のない小説を書きはじめたのは、船旅から九年の歳月を経た一八九九年のことだった。名作「闇《やみ》の奥」がそのとき誕生するのである。

2 発酵

それにしても、実際のコンゴ行から九年後の小説化。執筆までそれだけの歳月を要したのは、なぜだったのか？

一つには、このときの彼が、当時のイギリスの文壇や出版界とまだ何の接点もない一介の船乗りにすぎなかったという事情があげられよう。精神面でも、しばらくは沈滞期がつづいた。先に引いたナイデルによれば、コンラッドには定期的に訪れる厄介な鬱病の気があったらしい。予期に反したアフリカの旅、それに熱病の重い後遺症に悩まされたこともあって、ロンドンにもどってからも、しばらくは鬱々とした暮らしがつづいた。経済的にも不安定な暮らしの中で、彼はただ一途《いちず》に処女作となるはずのオールメイヤーの物語を完成させたいと思いつめていたようだ。

転機はイギリスに帰国して三年後、一八九四年に訪れた。その年、伯父タデウシュ・ボブロフスキが心臓発作で急死したのだ。十二歳で孤児となって以来、物心両面で支えてくれた後ろ盾を失って、コンラッドは呆然と立ちすくむと同時に、早く作家として独り立ちしなければという思いを強くしたことだろう。それと、タデウシュは遺産の一部、一万五千ルーブルを彼に遺《のこ》してくれたのである。向こう数年間は暮らしていけるだけの額だった。

コンラッドは沈滞期を脱してオールメイヤーの物語の完成につとめた。一八九四年には脱稿。T・フィッシャー・アンウィンという出版社とも渡りがついて、一八九五年、「オールメイヤーの阿房宮《あほうきゅう》」と題した処女作が刊行された。筆名はコジェニョフスキではなくコンラッド（Conrad）とした。作家ジョゼフ・コンラッド（Joseph Conrad）が誕生した瞬間だった。

売れ行きはともかくとして、この作品、三十八歳という遅咲きの作家のデビュー作としては批評家たちの受けもよかった。〝この書き手はマレイ諸島のキプリングになるかもしれない〟という趣旨の評も多かったが、当時の人気作家H・G・ウェルズが匿名《とくめい》で寄せた、〝現代のストーリー・テラーたちの中では出色の存在〟という評には、コンラッドも大いに励まされたことだろう。彼は勇んで二作目の長編、デビュー作の前編ともいうべき「島の流れ者（An Outcast of the Islands）」の執筆にとりかかる。レールは敷かれたのだ。

翌一八九六年、コンラッドは三十九歳にして結婚に踏み切る。相手は十六歳下のタイピストで、労働者階級の出身ながら素朴で温厚な性格の女性だったらしい。家庭という暮らしの中核を得、長年の船乗り暮らしにも別れを告げて、コンラッドはひたすら創作に励む。そのうちH・G・ウェルズ、ヘンリー・ジェイムズ、スティーヴン・クレインといった、実績のある作家たちとの交遊も始まって、文学修業上の視界もひらけてきた。長編三作目と意気込んだ「救助（the Rescue）」という作品には苦闘を強いられてなかなか物にならなかったものの、「ナーシサス号の黒人（The Nigger of the "Narcissus"）」と題した、彼が得意とする海難描写の光る長編は順調に筆が運んで、一八九七年に刊行。作品の前書きに披瀝《ひれき》した独自の芸術論とあいまって、文名は一段と高まった。

その頃だったらしいのだ、コンラッドの中であのコンゴの旅の体験が頭をもたげはじめたのは。一説には、フランスのブルターニュへの新婚旅行中、携帯した旅行鞄の底にコンゴでの旅の日録を見つけたのがきっかけだったと言われる。また、〝コンラッド・ワールド〟の新たなガイドともいうべき「The Dawn Watch」の著者マヤ・ジャサノフのように、当時、ともすればコンラッドが陥りがちだったニヒリスティックな心境が、かつて同じような精神状態に彼を陥らせた旅の記憶に火をつけたのではないか、と見る向きもある。いずれにしろコンラッドは結婚の翌年（一八九七年）、あの旅以来初めて、アフリカを舞台にした短編を書き上げて、それに「進歩の前哨所《ぜんしょうじょ》

(An Outpost of Progress)」というアイロニカルなタイトルを与えたのだった。

作品の舞台はアフリカ奥地の密林に囲まれた交易出張所。そこで働く二人の白人の所員は孤絶した生活環境の下、次第に出口のない寂寥感《せきりょうかん》に苛《さいな》まれてゆく。そのうち、ある象牙取引が現地人との流血の抗争に発展したのがもとで相互不信が二人の仲を裂き、一人が発作的に相棒を射殺したあげく自らも墓地の十字架にかけた縄で首をくくってしまう……。

いかにも陰惨な物語だが、この時点でこういう作品を彼に書かせた外部的な誘因としては、その頃ようやくヨーロッパ社会にも、コンゴ自由国の陰惨な実態が伝わりはじめていたという事実もあげられるのではなかろうか。

一八九〇年、アメリカの活動家G・W・ウィリアムズによる〝レオポルド二世への公開状〟に端を発したコンゴ自由国糾弾の動きは、当然コンラッドも早くから意識していたにちがいない。この運動は、その後一九〇〇年代に入って、E・D・モレルというジャーナリストとR・ケイスメントというイギリスの外交官の活動によって一段と盛り上がる。見逃せないのは、この一方の立役者ケイスメントとコンラッドのあいだには、〝奇縁〟と言ってもいい絆《きずな》があったことだ。

一八九〇年のあの旅の最中、コンラッドはコンゴ河遡航に先立つ六月に、マタディという町で十日間ほどすごしている。このとき彼は、当時〈コンゴ鉄道会社〉に雇われてマタディ—レオポルドヴィル間の鉄道敷設《ふせつ》のための調査官をしていたケイスメントと同宿していたのである。コンラッドがつけていた「コンゴ日記」の冒頭にはこういう書き込みがある。

一八九〇年六月十三日、マタディに到着——ロジャー・ケイスメント氏と知り合う。他の状況下であったとしても、こんなに嬉しいことはなかったろう。実に幸運だ。思索家で話し方も上手、すこぶる知的で、思いやりのある人物なり。

ケイスメントはその後、在コンゴ英国領事になるのだが、観察眼の鋭い、正義感の強い人物だったらしいから、この初対面のときもコンゴ自由国の知られざる実態について コンラッドに語ることもあっただろう。二人の交遊はコンラッドがイギリスに帰国してからもつづいたらしい。そして、コンラッドが「進歩の前哨所」を書く前年の一八九六年、〝二人はロンドンで夕食を共にしてコンゴでの旧交を温めている〟という(藤永茂著「『闇の奥』の奥」による)。その夜は当然コンゴ自由国の実情が話題に上っただろうし、それがコンラッドには一つの大きな刺激になっただろうことも想像に難くない。

こうしてできあがった「進歩の前哨所」は、しかし、あのコンゴへの旅が下敷きであったとはいえ、あの旅の総体に関わるものではなかった。コンラッドの胸にその後、あの旅の総体を枠組みとして、人間存在の核心に迫る作品を書こうという意欲が湧《わ》いたとしても不思議ではない。そして、そんな思いを後押しするような出来事が一年後に起こるのである。

コンラッドがコンゴに渡った際、まだ建設準備中だったマタディ―レオポルドヴィル間の鉄道。九年の歳月、数千人もの黒人労働者の犠牲を呑《の》み込んだその鉄道が、一八九八年、ついに完成するのだ。その報はヨーロッパにも大々的に喧伝《けんでん》されて、派手やかな話題を巻き起こす。

それはコンラッドの胸に、世間とは異なる衝迫となって響いたと思われる。長年、潜在的なトラウマとなっていたあの旅の意味を、いまこそ問い直そうと彼は決意したのではなかろうか。ちょうどその頃、かねて生活費を稼ぐために行っていた南アフリカの金鉱への投資が失敗し、新作執筆の経済的な必要に迫られるという事情もあった。

それともう一つ。純粋な小説の技巧面でも、彼を後押しする新展開があったことにも留意しておきたい。ちょうどこの年、一八九八年に発表した「青春（Youth）」という短編で、彼は初めて自己の分身とも言うべきチャールズ・マーロウという人物を登場させていた。自己を柔軟に投影しうる語り手の創造によって、コンラッドは自分の小説世界を、その作意を、十全に展開し得る装置を手中にしたのである。

機は熟した。翌一八九九年、コンラッドは定評のある文芸誌「ブラックウッズ・マガジン」に小説「闇の奥（Heart of Darkness）」を書きはじめたのだった。

3 結実

まず印象的なのは、冒頭のシーンだろう。テムズ河に浮かぶ遊覧ヨットの上で、この物語の一人目の語り手が、かつてこの河から船出していったフランシス・ドレークやジョン・フランクリン等、大英帝国の栄光を担《にな》った英雄たちの功績を得々と語る。するとそこへ、第二の語り手たるマーロウが突然割って入るのだ。「このあたりにしたって、かつては暗黒の地だったんだからな」

きらびやかな栄光に包まれるロンドンも、かつては暗黒の地だった。この作品全編を貫いている複眼的な視点を、早くも提示している秀抜な場面だ。おそらくは、ポーランド人にしてイギリス人というコンラッド自身の出自からくるこの複眼的な対象のとらえ方。それは、この先マーロウがコンゴ河を遡っていく先々の描写で発揮されることになる。

ストーリーの概略は、コンラッド自身の一八九〇年のコンゴへの旅とほぼ重なっている。本作の主役のマーロウも、アフリカに着くと、政庁のある町（ボーマ）から小型の汽船でトタン屋根の小屋の並ぶ町（マタディ）へ――さらに陸路、中央出張所のある町（レオポルドヴィル）に至り――そこからいよいよ蒸気船で奥地出張所のある町（スタンリーヴィル）を目指していく……。

同じく実体験をベースにしながら、「進歩の前哨所」より格段に深化しているこの作品に、コンラッドは「Heart of Darkness」というタイトルをつけた。最初に発想したときは「The Heart of Darkness」と、heart に the を付していたらしいのだが、この定冠詞を省くことで、heart（心臓部、核心、奥）という言葉は一段と深い抽象性を帯びたことになる。

では、darkness（闇、暗黒、暗部）という言葉に、コンラッドはどういう意味を、思いを、こめたのだろう？　この作品の面白さは、darkness というキー・ワードの扉を一枚、一枚めくるにつれ、重層的に浮かび上がってくるだろう。

その際、まず思い浮かぶのが、あるいわくつきの探検家の存在だ。一八七一年、アフリカの奥地で伝道中に消息を絶ったリヴィングストン博士を〝発見〟したことで一躍、時の人となり、熱狂的な〝アフリカ・ブーム〟を欧米に巻き起こしたH・M・スタンリー。彼はその三年後、こんどはナイル川の水源とコンゴ河の水流の特定を目的に大規模な探検隊を組織した。そして多大な犠牲を払った末に、アフリカ大陸をインド洋側からほぼ横断して、一八七七年、大西洋岸のボーマに到達するのだ。いままは毀誉褒貶《きよほうへん》相半ばするその記録「暗黒大陸横断記（Through the Dark Continent）」は当時としては破格の、記録的なベストセラーとなった。〝暗黒大陸（the dark continent）〟という言葉はこの書によって世に定着し、当時の欧米人の脳裡《のうり》に深く焼きつけられたのである。

コンラッドも若き頃、スタンリーに冒険精神を鼓舞された一人だっただろう。だが、実際にアフリカの大地を踏んで目にした有様は、〝胸躍る冒険の地〟というイメージとはかけ離れたものだった。自らの目で確かめた〝暗黒（darkness）〟の心臓部（heart）は実はこうだったと世に知らしめたい思いが、まずは彼の念頭にあったのではなかろうか。そのために、彼は自分のたどった経路をほぼ忠実になぞって、マーロウをコンゴの奥地に導いてゆく。その過程は自《おの》ずとこの作品に一種冒険小説的な風合いをも添える結果となっている。出発前の会社の医師とのやりとりや、蒸気船の、人食いの慣習を保つ黒人乗組員たちの描写等、後に彼の作品の特徴の一つと目されることになる独特のアイロニーに富んだユーモアも、すでにして随所に漂っている点も味わい深い。

そうしてコンゴの大地に分け入るにつれて、マーロウの目には植民地統治の冷厳な実態が見えてくる。鉄道工事の行われている町（マタディ）で使役されている黒人たちの悲惨な有様。手足に鉄枷《てつかせ》をはめられて動員され、精根尽き果てた後は、ただ幽鬼のように木陰で死を待つしかない黒人たち。彼らを描写するコンラッドの筆致は、周到にして委細をきわめている。それは九年前、実際にこの地での見聞を記した「コンゴ日記」における、淡々とした即物的な描写とは対照的だ。たとえば、実体験において、コンゴ到着後間もない一八九〇年七月三日に初めて黒人の死体を見たときのコンラッドの日記の記述はこうだ――〃数分後、野営地でバコンゴ族の死体を見た。射殺されたのか？　悪臭がひどい〃。翌日、再度、別の死体に遭遇したときも、〃また死体を見た。道端に、瞑想《めいそう》するような姿勢で横たわっていた〃ですませている。日記という媒体の特殊性を差し引いても、無感動な記述と言えはしまいか。

日記と小説におけるこの落差。そこにはやはり、実体験から九年後のコンラッドの意識におけるコロニアリズム理解の深化が反映されていると見る。先に引いたケイスメントとの交流や、じわじわと漏れ出てくるコンゴ自由国の実態報道に触れるうちに、コンラッドはかつてマレイ諸島で目撃していた植民地の堕落ぶりと併せて植民地主義の悪を再認識し、まずはその〝闇〟のヴェールを剝《は》がさずにはいられなかったのだろう。

ただ、ここで一つ留意しておきたいことがある。このときのコンラッドが、現代的な意味での徹底的な反植民地主義思想に立ち至っていたかというと、そうではなさそうだ、という点だ。

それを象徴的に物語っているのは、マーロウがコンゴ行きに先立ってブリュッセルの商社を訪ねたときの一シーン。通された部屋の壁には光沢のある世界地図がかかっている。当時は植民地を含めた諸大国の領土を赤（イギリス）、青（フランス）、オレンジ（ポルトガル）、緑（イタリア）、紫（ドイツ）、黄色（ベルギー）で色分けするのが普通だったらしいのだが、その地図を一瞥《いちべつ》したマーロウに、コンラッドはこう言わせているのだ――〝圧倒的な広さを占めているのは赤で、これはいつ見ても気分がいい。その地では本格的な事業が展開されている証拠だから〟。つまり、コンラッドの分身であるマーロウは、大英帝国の植民地、その統治だけは手放しで礼賛《らいさん》しているのである。実際のコンゴ行から九年たった時点でそう語らせているということは、このときのコンラッド自身の認識において、植民地統治の〈悪〉はなお普遍的なものではなかったということに他なるまい。時代が下って一九七五年に、小説「崩れゆく絆(Things Fall Apart)」で知られるナイジェリアの作家チヌア・アチェベから、〝コンラッドはとんでもない人種差別主義者だ〟と糾弾された素地もそこにある。ただ、十九世紀後半のイギリスでは、アフリカにおけるコロニアリズム一般を痛烈に批判・攻撃しながらも、自己の拠《よ》って立つ大英帝国の在り様《よう》はアプリオリに肯定していた知識人・作家は少なからずいた。大英帝国の国籍を苦労して取得したポーランド人コジェニョフスキもその一人だったのである。彼もまた〝時代の子〟だったのだと言ったら寛容にすぎるだろうか。

コンラッドの真面目《しんめんぼく》は、植民地主義の〝闇〟を見すえながら、その奥に透けている人間存在の〝核心〟をも凝視したところにあるだろう。

コンゴの奥地を目指すマーロウは、周囲に迫るジャングル、物言わぬ大自然の不気味さをしだいに意識しはじめる。

おれたち二人を凝視しているこの深遠なものがまとう静けさは、果たして何らかの訴えなのか、それとも脅威なのかとおれは考えたね。こんなところにまぎれこんできたおれたちは、いったい何者なのか？　この物言わぬ大自然を、おれたちは手《て》馴《な》づけることができるのか、それとも逆に手馴づけられてしまうのか。物言わぬ、そしておそらくは耳も聞こえぬ、この深遠なるもののとてつもない巨大さを、おれは感じていた。

そしてマーロウは、自分に先立って、この〝とてつもなく巨大な脅威〟に挑んで敗れたらしい人物、クルツに魅《ひ》きつけられてゆく。このクルツという、実際のコンゴ行には存在しなかった謎《なぞ》めいた男を創出したとき、コンラッドは人間の心の奥底にひそむ〝闇〟を見つめる確かな手掛かりを得たのだ。

たんなる貿易商社員としてではなく、ヨーロッパ文明の光を蛮地に広めるという〝高邁《こうまい》な〟理想を達成すべくコンゴの奥地に乗り込んでいったクルツ。彼はその熱意を買われて、〈蛮習廃止国際協会〉から、〝将来の活動の手引きにするため〟の報告書の作成を委託され、持ち前の雄弁の才能をフルに発揮して、〝崇高な慈愛によって統治される広大無辺の異郷〟の青写真を描いてみせる。だが、彼の前に待ち受けていたのは、そんな賢《さか》しらさをまったく受け付けない、牢固《ろうこ》として揺るがぬ大自然だった。無残に敗北したクルツは、結局その報告書の最下段に、〝蛮人どもは皆殺しにしてしまえ!〟と乱れた字で殴り書きするに至る。その顚末《てんまつ》は、それからはるか後世の、あの〝第三帝国〟の首領のたどった運命をも予言しているかのようだ――。

大自然の〝魔性〟に絡《から》みとられて、文明人の衣を剝ぎ取られていったクルツは、ついにはただの獣性の塊と化して、〝教化〟するはずだった蛮行をくり広げてゆく。注目すべきは、それとは対照的に、マーロウと共に蒸気船に乗り組んだ人食いの習慣を持つ原住民が、その習慣を〝自制する〟節度を発揮するさまにもコンラッドの筆が及んでいる点だろう。一切の人工的な衣装を剝ぎ取られた人間性の原点では、文明人も野蛮人になり得るし、野蛮人も文明人になり得る。コンラッドの透徹した複眼が光っているくだりである。

〝地獄だ! 地獄だ!〟というクルツの呻《うめ》き声は、そうした闇の奥の真実に身をもって悟達した者の慄《おのの》きにも聞こえようか。そして、その叫びに接するとき、それと重なるように、読む者の耳にはもう一つの声が聞こえてくるのである――そう、あの柵《さく》の杭《くい》に飾られていた、干からびた人間の首が、〝永遠の眠りの中で、何か果てしもない滑稽《こっけい》な夢を見ているように笑いつづけていた〟という、その笑い声が――。

ともあれ、クルツは死んだ。

Mistah Kurtz ―― he dead.

るだろう。

この宿命的なフレーズは、やがてT・S・エリオットの詩「うつろな人間（The Hollow Men）」（一九二五）のエピグラフに引かれて、新しい文学の潮流の象徴となるだろう。

コンラッドはその後、「闇の奥」と同時進行的に書いていた「ロード・ジム」（一九〇〇）を発表、さらには南米の架空の国を舞台にした政治色の強い大作「ノストローモ」（一九〇四）を世に問うに及んで、ヴィクトリア朝文学の伝統と一線を画すモダニズム文学の雄としての地歩を確かなものにしていった。その影響は広くジャンルをまたいで今日に至っている。作家ならば、コンラッドが「密偵（The Secret Agent）」（一九〇七）で描いたスパイの世界の伝統を継いだグレアム・グリーンがまず頭に浮かぶし、若き日のヘミングウェイなども「ナーシサス号の黒人」の前書きにある印象主義的な芸術論に刺激されて、〝読者に見させ、聞かせ、感じさせる〟文章の彫琢《ちょうたく》に励んだことが思い出される。映画に目を転じれば、F・F・コッポラの「地獄の黙示録」（一九七九）を筆頭に、ヴェルナー・ヘルツォークの「アギーレ／神の怒り」（一九七二）等があげられよう。個人的にはキャロル・リード監督、グレアム・グリーン脚本の「第三の男」（一九四九）にもその影の見いだせるような気がする。登場人物の一人に〝クルツ男爵《だんしゃく》〟と名乗らせているあたり、「闇の奥」への確かなオマージュが感じられるし、第二次大戦直後の荒廃したウィーンの夜の闇に、一瞬、浮かび上がる主人公ハリー・ライム（オースン・ウェルズ）の顔には、本書「闇の奥」における、善悪の彼岸に達したクルツの面影が透けて見えるような気がするのだ――。

ともあれ、すぐれた作品は照明の当て方次第でさまざまな輝きを放つ。最後に、本書「闇の奥」に、時代を超越した今日性という物差しをあててみるなら、自ずと浮かび上がってくるのは、やはり〈自然対人間〉という永遠のテーマにほかなるまい。ごく利己的な動機から無造作に自然に挑み、自然を冒瀆《ぼうとく》して跳ね返される人間の愚。その愚を浮き彫りにするために、コンラッドはwilderness（荒野、未開の大自然）という言葉に特別の意味を込めて、大密林の威厳を、人知の及ばぬ魔性として描き切った。さまざまな面で、自然の反乱という脅威に人類がさらされている今日、われわれはいまこそコンラッドが描いたこの〝魔性〟を心から畏怖《いふ》すべきなのではなかろうか。その意味でも、「闇の奥」は〝永遠の現代〟への架け橋として、いつまでも読まれつづけることだろう。

＊　＊　＊

本書の翻訳にあたっては、日本への最初の架け橋となった中野好夫訳（岩波文庫）をはじめ、岩清水由美子訳（グーテンベルク21社、amazon の kindleで閲読可能）、藤永茂訳（三交社）、並びに黒原敏行訳（光文社古典新訳文庫）の各「闇の奥」を参考にさせていただいた。それぞれの訳者の方々の情熱とご労苦に深い敬意と謝意を表させていただく。

また、本書の翻訳に加え、この文章、注解、年譜を記すうえで、次の各書に教えられるところがすくなくなかった。併せて謝意を表したい。

Joseph Conrad:A Chronicle by Zdzislaw Najder
King Leopold's Ghost by Adam Hochschild
The Dawn Watch by Maya Jasanoff
Penguin Classics 版「闇の奥」のオーウェン・ノウルズによる注解
「20世紀英米文学案内3　コンラッド」中野好夫編（研究社）

「コンラッド文学案内」J・H・ステイプ編著　社本雅信監訳（研究社）
「『闇の奥』の奥」藤永茂著（三交社）

（なお、本書の翻訳では「蛮人（brutes）」、「人食い人種（cannibals）」など、現代の日本では差別用語と見なされる言葉を使わざるを得なかった。別の言葉で言い換えた場合、十九世紀の植民地を描いた原作の作意を損なう恐れがある。そのため、敢《あ》えて原作に忠実に従った結果であることを、ご理解願えれば幸いである）。

（二〇二二年七月）

年譜――コンラッドの生涯とその時代

一八五七年　十二月三日、帝政ロシアに支配されていたポーランド領のベルディチェフ（現ウクライナ）で、地主貴族のアポロとエヴェリーナのあいだに生まれる。本名、ユゼフ・テオドル・コンラート・コジェニョフスキ（Józef Teodor Konrad Korzeniowski）。この年、フローベールの「ボヴァリー夫人」が刊行されている。日本では初代アメリカ総領事ハリスとのあいだで下田条約が締結された。

一八六一年　作家、翻訳家であった父アポロが、祖国ポーランドの独立を目指す地下活動を行った廉《かど》により、ワルシャワでロシア官憲に逮捕・投獄される。四月、アメリカで南北戦争はじまる。

一八六二年　コジェニョフスキ一家、ロシア北部のヴォログダに流罪《るざい》となる。その三年後に母エヴェリーナが、七年後に父アポロが病没。十二歳で孤児となったコンラッドは母方の伯父タデウシュ・ボブロフスキのもとで少年時代をすごすことになる。生来病弱であったため、主として家庭教師について初等教育を受け、ポーランド文学の伝統に触れる一方、フランス語も学んだ。また、父の翻訳作品を通して、幼時からフランス（ユゴーら）やイギリス（シェイクスピアやディケンズ）の文学作品にも親しんでいた。同じイギリスのキャプテン・フレドリック・マリアットの海洋小説にも魅了され、海への興味をかきたてられた。
この間、日本では明治維新が成り（一八六八）、アメリカでは大陸横断鉄道が完成（一八六九）、エジプトではスエズ運河が開通している（一八六九）。また一八六五年から六九年にかけて、トルストイが「戦争と平和」を発表している。

一八七三年
家庭教師と共にオーストリア、ドイツ、スイス、北イタリアを旅する。このとき訪れたヴェネツィアで、生まれて初めて海を見たらしい。
この年、ランボーが「地獄の季節」を発表している。

一八七四年
ロシア軍に徴兵される危険を逃れ、海への憧《あこが》れを満たすため、フランスのマルセイユに移住。同年十二月、フランスの客船〈モン・ブラン〉号に乗船して、マルティニーク諸島への航海を体験、船乗りになる道がひらける。

一八七六年　七月、バーク型の帆船〈サンタントワーヌ〉号に司厨員《しちゅういん》として乗り組み、カリブ海から南米沿岸への長期航海に従事。このとき、人生で初めて三十五フランの月給をもらう。

この年、マーク・トゥエインが「トム・ソーヤーの冒険」を発表している。

この翌年（一八七七）、日本で西南戦争勃発《ぼっぱつ》。

一八七八年　後に発表された自伝的要素の濃い歴史ロマン「黄金の矢」にも反映されているが、スペインの王位継承紛争に関わる武器密輸に加担。リタという女性闘士との恋愛や賭博《とばく》での大損等から神経を病み、自殺を図るも一命を保った。四月、イギリスの小型商船〈メイヴィス〉号に乗り組み、六月には生まれて初めてイギリス本土の土（ロウストフト港）を踏む。それ以降、数度にわたるイギリス商船への乗り組みを通して、イギリスの伝統、文化に傾斜し、そこに自己のアイデンティティを求めるようになる。十月、千四十七トンの大型快速帆船〈デューク・オヴ・サザーランド〉号に乗り組んでオーストラリアへ。
この年、探検家スタンリーの「暗黒大陸横断記（Through the Dark Continent）」が刊行され、欧米に〝アフリカ・ブーム〟を巻き起こした。

一八八〇年 五月、二等航海士の試験に合格。
この年、モーパッサンが「脂肪の塊」を発表している。

一八八四年 十二月、一等航海士の資格を取得。
この翌年(一八八五)、ベルリン会議が開催され、ベルギー国王レオポルド二世の私有になるコンゴ自由国が承認される。

一八八六年 七月、イギリス国籍の取得を請願し、八月十八日に認可される。十一月、待望のイギリス商船隊船長資格を取得。これまで一貫してコンラッドに経済的援助をつづけてきた伯父タデウシュから、〝おまえは二十九歳にして船乗りの頂点に登りつめた。これからの人生どう生きようとおまえの才量次第だ〟と祝いの言葉を贈られた。この後ほぼ二年間にわたって、コンラッドは数隻《せき》の商船に乗り組み、広く東南アジア各地からオセアニア地方への航海を重ねた。

一八八九年 前年から乗り組んでいた〈オターゴ〉号の船長を辞して、短期間ロンドンに住み着く。秋にかけて、後に処女作となる「オールメイヤーの阿房《あほう》宮《きゅう》」を書きはじめ、経済的安定を図るため職探しも開始。スタンリーの「暗黒大陸横断記」等にも刺激されて、アフリカに着目。十一月、ベル

一八九〇年

ギーのブリュッセルに渡り、知人のつてで〈北部コンゴ貿易会社〉の社長アルベール・ティースと面会、コンゴ河を遡《さかのぼ》る蒸気船の船長職を約束される。

一月、コンゴにおける前任のデンマーク人船長が現地住民との紛争で殺害される変事が突発したため、急遽《きゅうきょ》三年の契約でコンゴで働くことになる。五月十日、フランスのボルドーから汽船〈ヴィル・ド・マセイオ〉号でアフリカに向け出発。〝大きな精神的外傷《トラウマ》を蒙《こうむ》る旅〟がはじまった。六月十二日、海港の町ボーマに到着。翌日、小さな蒸気船でコンゴ河の五十キロ上流の町マタディへ。マタディから先、コンゴ河は急流や滝のため船による遡航《そこう》ができず、陸路レオポルドヴィル（現キンシャサ）を目指して八月二日に到着。ここで船長として乗り込む予定の〈フロリダ〉号が損壊していることが判明、やむなく蒸気船〈ベルギー国王〉号に副船長格で乗り組んでコンゴ河を遡航、最終目的地スタンリーヴィル（現キサンガニ）に到着した。数日後、船長が病に倒れたため、〈ベルギー国王〉号の船長に任命される。レオポルドヴィルへの帰途につく際、ジョルジュ・クラインというフランス人の社員を乗せる。が、クラインは重い赤痢を患《わずら》っていて、ほどなく死亡。コンラッド自身も赤痢やマラリアにかかって体調を崩し、会社との三年契約を破棄してアフリカを去る。このコンゴ行をきっかけに、遠い縁者であるマルグリット・ポラドフスカという年上の女性との交遊も始まった。マルグリットはすでに小説も発表している教養豊かな女性で、その後の親密な交際で陰に陽にコンラッドを助けている。

一八九一年 ロンドンにもどり、ヴィクトリア駅近くの路地裏の貸し部屋に住み着く。健康状態は最低で、痛風や神経痛を病み、精神的にも鬱《うつ》の状態に陥った。五月、転地療養を目指し、スイスのジュネーブ近郊の温泉地に向かう。十一月、一等航海士として汽船〈トレンス〉号に乗り組む。船乗りになって初めての客船勤務で、精神的、肉体的に、徐々に健康を取りもどした。

一八九二年 「コンラッド自伝（A Personal Record）」によれば、この汽船でオーストラリアに向かう航海中、乗客の一人、ケンブリッジ大学出身の青年にまだ書きかけの「オールメイヤーの阿房宮」の草稿を読んでもらったところ、作品を完成させる価値は十分ある、と評価され、書きつづける意欲がいや増したという。

三月、同じ客船でオーストラリアからロンドンに向かう帰途、やはり乗客の一人だった、二十五歳のジョン・ゴールズワージーとも知り合う。後のノーベル賞作家ゴールズワージーは、初期の作品「The Doldrums」中に、このとき知り合ったコンラッドを彷彿《ほうふつ》とさせるイメージの人物を登場させている。

一八九三年

この年、ロシアの作曲家チャイコフスキーが、十一月に死去している。

一八九四年

一月、前年秋から二等航海士として乗り組んでいた汽船〈オドーワ〉号から下船し、結果的に、ほぼ二十年に渡った船乗り人生に終止符を打つ。

二月、長年にわたり物心両面の保護をしてくれた伯父タデウシュ・ボブロフスキが死去。コンラッドは遺産の一部一万五千ルーブルを受け取ることになり、当面の経済的安定を約束される。

この年、マルクスの「資本論」第三巻、キプリングの「ジャングル・ブック」が刊行されている。

八月、日清《にっしん》戦争はじまる。

一八九五年　四月、五年を費やして書き上げた「オールメイヤーの阿房宮」が、〝ジョゼフ・コンラッド〟の正式ペン・ネームでついに刊行。おおむね好評をもって迎えられた。

この年、ノルウェイのナンセンが北極を探検、北緯八六度一四分の地点に到達。

日本では樋口一葉の「たけくらべ」、「にごりえ」が発表されている。


一八九六年　第二作「島の流れ者（An Outcast of the Islands）」刊行。三月、スイスの療養地シャンペルで知り合って親しく交際していた女性が別の男性と婚約した直後に、十六歳年下のジェシー・ジョージという娘と慌《あわ》ただしく結婚。ジェシーは庶民的な家柄の、さほど教養もないタイピストだった。

二月、尾崎紅葉の「多情多恨」が読売新聞に連載開始。

四月、第一回近代オリンピック大会がアテネで開催された。

一八九七年　「ナーシサス号の黒人（The Nigger of the 'Narcissus'）」刊行。

一八九八年　一月、長男ボリス誕生。長らく創作意欲が湧《わ》かず、鬱に苦しんだあげく、十月にケント州のペント・ファームに転居。それを機に不調から脱出。

近くに住むスティーヴン・クレイン、ヘンリー・ジェイムズ、H・G・ウェルズら著名な作家たちとの交遊も幸いし、作家として生涯で最も実り豊かな時期へと移行する。同時期に知り合った新進作家フォード・マドックス・ヘファー（後のフォード・マドックス・フォード）に共作をもちかけ、二人の名義で数冊の作品発表に至る。


一八九九年　四月、アメリカ・スペイン戦争勃発。アメリカ、フィリピンを領有。

十一月、徳冨蘆花《ろか》「不如帰《ほととぎす》」、国民新聞に連載開始。

「闇の奥（Heart of Darkness）」を、ブラックウッズ・マガジンに分載。

この年、ヘミングウェイ、川端康成が誕生。チェーホフが「犬を連れた奥さん」を発表している。


一九〇〇年　「ロード・ジム（Lord Jim）」刊行。直後の評価は二分されたが、ヘンリー・ジェイムズからは絶賛された。

この年、フロイトが「夢判断」を発表している。

四月、パリ万国博覧会。

一九〇一年　フォード・マドックス・フォードとの共作「相続人たち」刊行。
一月、イギリスのヴィクトリア女王死去。

一九〇二年　「青春――ほか二編の物語」(Youth and Two Other Stories) 刊行。「闇の奥」が含まれていた。

一九〇三年　一月、日英同盟成立。
この年、ジョルジュ・メリエスの映画「月世界旅行」、世界中で大ヒット。
「台風、その他の物語(Typhoon and Other Stories)」刊行。フォード・マドックス・フォードとの共作「ロマンス(Romance)」刊行。
この年、ジャック・ロンドンの「野生の呼び声」が刊行されている。

一九〇四年　「ノストローモ(Nostromo)」刊行。
この年から一九一二年にかけて、ロマン・ロランが「ジャン・クリストフ」を執筆。
二月、日露戦争勃発。

一九〇六年　海洋エッセイ集「海の鏡(The Mirror of the Sea)」刊行。
この年、ヘッセの「車輪の下」、島崎藤村の「破戒」が刊行されている。

一九〇七年　「密偵(The Secret Agent)」刊行。
この年、夏目漱石の「草枕」が刊行されている。

一九〇八年　「六つの物語(A Set of Six)」出版。「ガスパール・ルイス」、「密告者」、

一九一一年　「怪物」、「無政府主義者」、「決闘」、「伯爵《はくしゃく》」収録。

「西欧の眼の下に（Under Western Eyes）」刊行。

九月、日本で雑誌「青鞜《せいとう》」が平塚らいてうにより創刊される。

一九一二年　「個人的記録（A Personal Record）」刊行。

一九一三年　「運命（Chance）」アメリカで刊行。

この年、プルースト「失われた時を求めて」の第一編「スワン家のほうへ」が出版されている。

日本では中里介山「大菩薩《ぼさつ》峠」の新聞連載開始。


一九一四年　家族と共にポーランドを訪れる。

第一次世界大戦勃発。

この年、ジェイムズ・ジョイスの「ダブリン市民」が刊行され、カフカが「審判」を執筆している。

一九一五年　「勝利（Victory）」刊行。
この年、モームの「人間の絆《きずな》」が刊行され、アメリカでは映画「国民の創生」が公開された。

一九一七年　「陰影線（The Shadow-Line）」刊行。

ロシアで十月革命。

一九一九年　この年、夏目漱石の「明暗」が刊行されている。

「黄金の矢（The Arrow of Gold）」刊行。

六月、ヴェルサイユ講和条約調印。

この年、アンドレ・ジッドの「田園交響楽」、シャーウッド・アンダーソンの「ワインズバーグ・オハイオ」等が刊行されている。

一九二〇年　二十四年越しの作品「救助（The Rescue）」完成し、刊行。

一月、国際連盟発足。アメリカで禁酒法施行。

五月、日本で最初のメーデー。

この年、スコット・フィッツジェラルドの「楽園のこちら側」、D・H・ロレンスの「恋する女たち」、アガサ・クリスティの「スタイルズ荘の怪事件」等が刊行されている。

一九二三年　初めてアメリカを訪問し、大作家として熱狂的な歓迎を受ける。

「放浪者（The Rover）」刊行。

九月、日本で関東大震災。

一九二四年　五月、ナイトの爵位を辞退する。時の首相マクドナルドが労働党首だったため、左翼嫌いだったコンラッドは叙勲を潔《いさぎよ》しとしなかったという見方がある。八月三日、カンタベリー近郊の自宅で、心臓発作のため死去。享年《きょうねん》六六。

四月、イタリアの総選挙でファシスト党が勝利。

この年、アンドレ・ブルトンが「シュルレアリスム宣言」を発表、トーマス・マンの「魔の山」、ラディゲの「ドルジェル伯の舞踏会」、ヘミングウェイの「われらの時代」等が刊行されている。

本書は訳し下ろしです。

G・グリーン
上岡伸雄訳
情事の終り
「私」は妬心を秘め、別れた人妻サラを探偵に監視させる。自らを翻弄した女の謎に近づくため――。究極の愛と神の存在を問う傑作。

H・ジェイムズ
小川高義訳
ねじの回転
イギリスの片田舎の貴族屋敷に身を寄せる兄妹。二人の家庭教師として雇われた若い女が語る幽霊譚。本当に幽霊は存在したのか？

ジョイス
柳瀬尚紀訳
ダブリナーズ
20世紀を代表する作家がダブリンに住む人々を描いた15編。『フィネガンズ・ウェイク』の訳者による画期的新訳。『ダブリン市民』改題。

S・モーム
金原瑞人訳
人間の絆（上・下）
平凡な青年の人生を追う中で、読者は重たい問いに直面する。人生を生きる意味はあるのか――。世界的ベストセラーの決定的新訳。

S・モーム
金原瑞人訳
月と六ペンス
ロンドンでの安定した仕事、温かな家庭。すべてを捨て、パリへ旅立った男が挑んだものとは――。歴史的大ベストセラーの新訳！

S・モーム
中野好夫訳
雨・赤毛
―モーム短篇集Ⅰ―
南洋の小島で降り続く長雨に理性をかき乱されてしまう宣教師の悲劇を描く「雨」など、意表をつく結末に著者の本領が発揮された3編。

メルヴィル
田中西二郎訳
白鯨（上・下）
片足をもぎとられた白鯨モービィ・ディックへの復讐の念に燃えるエイハブ船長。激浪荒れ狂う七つの海にくりひろげられる闘争絵巻。

M・ミッチェル
鴻巣友季子訳
風と共に去りぬ（1〜5）
永遠のベストセラーが待望の新訳！　明るく、私らしく、わがままに生きると決めたスカーレット・オハラの「フルコース」な物語。

H・ミラー
大久保康雄訳
北回帰線
独自の強烈な〝性の世界〟を通して、衰弱し活力を失った現代社会を根底からくつがえし、輝しい生命の息吹きを取戻そうとする処女作。

フォークナー
加島祥造訳
八月の光
人種偏見に異様な情熱をもやす米国南部社会に対して反逆し、殺人と凌辱の果てに逮捕され、惨殺された男ジョー・クリスマスの悲劇。

ナボコフ
若島正訳
ロリータ
中年男の少女への倒錯した恋を描く誤解多き問題作にして世界文学の最高傑作が、滑稽でありながら哀切な新訳で登場。詳細な注釈付。

スタインベック
大浦暁生訳
ハツカネズミと人間
カリフォルニアの農場を転々とする二人の渡り労働者の、たくましい生命力、友情、ささやかな夢を温かな眼差しで描く著者の出世作。

新潮文庫最新刊

帚木蓬生著
花散る里の病棟
町医者こそが医師という職業の集大成なのだ——。医家四代、百年にわたる開業医の戦いと誇りを、抒情豊かに描く大河小説の傑作。

藤ノ木優著
あしたの名医2
―天才医師の帰還―
腹腔鏡界の革命児・海崎栄介が着任。彼を加えたチームが迎えるのは危機的な状況に陥った妊婦——。傑作医学エンターテインメント。

貫井徳郎著
邯鄲の島遥かなり（中）
男子普通選挙が行われ、島に富をもたらす一橋産業が興隆を誇るなか、平和な島にも戦争が影を落としはじめていた。波乱の第二巻。

一條次郎著
チェレンコフの眠り
飼い主のマフィアのボスを喪ったヒョウアザラシのヒョーは、荒廃した世界を漂流する。愛おしいほど不条理で、悲哀に満ちた物語。

矢樹純著
血腐れ
妹の唇に触れる亡き夫。縁切り神社の血なまぐさい儀式。苦悩する母に近づいてきた女。戦慄と衝撃のホラー・ミステリー短編集。

J・グリシャム
白石朗訳
告発者（上・下）
内部告発者の正体をマフィアに知られる前に、調査官レイシーは真相にたどり着けるか!?全米を夢中にさせた緊迫の司法サスペンス。

Title : HEART OF DARKNESS
Author : Joseph Conrad

闇《やみ》の奥《おく》

新潮文庫　　コ－26－1

Published 2022 in Japan
by Shinchosha Company

令和四年十一月一日発行
令和六年十月三十日三刷

訳者　高《たか》見《み》浩《ひろし》

発行者　佐藤隆信

発行所　株式会社　新潮社

郵便番号　一六二―八七一一
東京都新宿区矢来町七一
電話　編集部(〇三)三二六六―五四四〇
　　　読者係(〇三)三二六六―五一一一
https://www.shinchosha.co.jp

価格はカバーに表示してあります。

乱丁・落丁本は、ご面倒ですが小社読者係宛ご送付ください。送料小社負担にてお取替えいたします。

印刷・株式会社光邦　製本・加藤製本株式会社

ISBN978-4-10-240241-2 C0197